長編小説

ふしだら奇祭村

葉月奏太

竹書房文庫

目次

※この作品は竹書房文庫のために
書き下ろされたものです。

第一章　淫らな祭への招待

1

ドライブインの看板が見えたので、すかさずウインカーを点けてバイクを駐車場に乗り入れた。

時刻は午後三時になろうとしている。

慎重にサイドスタンドを立ててエンジンを切った。ヘルメットを取ってミラーにかけると、バイクから降りて腰をゆっくり伸ばした。

「イテテっ……」

全身の筋肉が凝《こ》り固まっており、思わず声が漏《も》れてしまう。長時間バイクに乗っていたため疲労が蓄積していた。

高村慎吾《たかむらしんご》は東京でひとり暮らしをしている大学生だ。この春から四年に進級するため、学生生活はあと一年しかない。今しかできないことをやっておこうと考えているうちに、バイクでのひとり旅を思い立った。

普段から通学に250CCのバイクを使っている。先輩から安く譲ってもらったものでかなり古い型だが、普通に乗るぶんには問題ない。三月も後半に差しかかっているが、新学期がはじまるまで十日ほどある。目的地をどこにするか悩んだすえ、とりあえず日本海を目指すことにした。

テントや寝袋など、本格的な装備は持っていないので、ユースホステルや安いホテルに泊まりながらツーリングを楽しむつもりだった。

恋人がいれば、いっしょに旅するところだろう。だが、慎吾は奥手で女性と交際した経験がない。大学に女友だちはいるが、あと一歩が踏み出せずにいた。そんな状態なので、二十一歳になった今も童貞のままだった。

昨日、東京のアパートを出発した。

ところが、いきなり渋滞に巻きこまれて思ったほど進めなかった。初日の走行距離は百三十キロだ。節約のため有料道路は使わないことにしたので、よけいに時間がかかってしまった。

昨夜は群馬県の安宿に泊まり、今朝から再び走りはじめた。

ちょこちょこ休憩を挟んではいるが、今日もすでに百五十キロほど走っている。今はおそらく長野県と新潟県の県境あたりだろう。長距離のツーリングははじめてなので、全身に疲れがひろがっていた。

だが、気ままなひとり旅は楽しいものだ。都内の小さな商社から内定をもらっているが、就職したらこんなツーリングはなかなかできないだろう。

ふと隣を見ると、黒いオートバイが停まっていた。カウルと呼ばれる風防で覆われており、いかにもスピードが出そうだった。

(俺のとは全然違うな……)

どんな人が乗っているのだろう。そう思いながら周囲を見まわしたとき、自動販売機の前に立っている女性の後ろ姿が目に入った。

慎吾より年上で二十代半ばから後半といったところか。黒革製のライダースーツに身を包み、黒髪のロングヘアを背中に垂らしている。風が吹き抜けるたび、艶《つや》やかな髪がサラサラとなびいていた。

ライダースーツはぴったりフィットするデザインのため、女体の曲線があからさまに浮き出ている。くびれた腰からまるみを帯びた尻にかけてのラインが見事で、思わず視線が吸い寄せられた。

そのとき、ふいに彼女が振り返った。

もしかしたら、慎吾の視線を感じたのかもしれない。顔をそむけようとするが、視線が重なると瞬時に魅了されてしまう。肌が抜けるように白く、整った顔立ちをしている。そんな彼女の顔を見つめた状態で、慎吾は完全に固まっていた。

彼女がこちらに向かってゆっくり歩いてくる。隣に停まっているバイクは彼女のものなのだろう。ところが、視線はまっすぐ慎吾に向けられていた。

「ツーリングですか？」

柔らかい声音《こわね》だった。慎吾は言葉を発する余裕もなく、かろうじてうなずいた。

「よかったらどうぞ」

彼女は微笑を浮かべながら缶コーヒーを差し出してくる。

「ど、どうも……」

慎吾は困惑しつつ、右手を差し出して受け取った。そのとき、彼女のほっそりした指が微かに触れて、胸がドクンッと音を立てた。

「わたしは地元の者なの。どちらから来たのですか？」

「東京……です」

なんとか言葉を絞り出す。すると、彼女は目を細めて静かにうなずいた。

ライダースーツに包まれた乳房が気になって仕方がない。視線が向かないように気をつけるが、先ほどから視界の隅に大きな双《ふた》つのふくらみが映っている。そこだけやけに張りつめており、抜群のプロポーションが強調されていた。

「東京ですか。ずいぶん遠くからいらっしゃったのですね」

そうつぶやくと、彼女は自分の缶コーヒーのプルタブを引いてひと口飲んだ。

「どこまで行かれるの？」

「とりあえず、日本海を見ようかと……気ままなバイク旅です」

「うらやましい。ひとり旅なんて素敵ですね」

彼女がどんどん話しかけてくれるので、人見知りの慎吾もなんとか言葉を交わすことができる。突然きれいな女性に声をかけられて舞いあがっていた。もらった缶コーヒーを飲むと、いつもより格段にうまい気がした。

「日本海を見たあとはどうするんですか？」

「まだ決めてないけど……学生なんで、時間だけはあるんです」

とくに行きたいところがあるわけではない。新学期がはじまるまでに帰ればいいので、しばらく旅をつづけるつもりだった。

「じゃあ、急がないのね」

彼女はひとりごとのようにつぶやくと、思い出したように自己紹介をはじめた。

山神《やまがみ》紗月《さつき》、二十七歳の独身だという。ここからほど近い村に住んでいて、オートバイに乗るのが唯一の趣味だと言って微笑んだ。

「俺は――」

流れで慎吾も名乗った。

念のためバイクは通学に使っているだけで、じつはあまり詳しくないことを伝えておく。紗月のようにバイクを趣味にしているわけではなかった。

「慎吾くんは素直ですね」

がっかりされるかと思ったが、彼女は満足げにうなずいた。

ほっとすると同時に「慎吾くん」と呼ばれたことで、またしても舞いあがってしまう。うれしいやら恥ずかしいやらで、顔がカッと熱くなるのを感じていた。

（紗月さんか……いい名前だな）

いきなり口に出すのは憚《はばか》られるが、心のなかで「紗月さん」と呼んでみる。すると、さらに気持ちが盛りあがり、出会って間もないのに早くも惹《ひ》かれていた。

「わたしが住んでいる村にきれいな滝があるの。いっしょに見に行きませんか？」

お薦めのスポットがあるらしい。せっかくなので寄り道してみるのもいいだろう。先を急ぐ旅ではないし、なにより紗月ともう少しいっしょにいたかった。

「ちょっとだけ、寄ってみようかな」

遠慮がちにつぶやくと、紗月はうれしそうに顔をほころばせる。そして、さっそくバイクにまたがった。

「わたしについてきて。そんなに遠くないから」

「は、はいっ」

慎吾は残っていた缶コーヒーを一気に飲みほして、慌てて自分のバイクにまたがるとヘルメットをかぶった。

紗月もすでにヘルメットをかぶっている。シールドごしに目で合図を送ると、ゆっくりバイクをスタートさせた。

慎吾も彼女の後ろについて走りはじめる。紗月は相当乗り慣れているらしい。スピードが速く、離されないようにするので精いっぱいだ。緩やかなカーブがつづく山道を延々と走っていく。周囲は木々が生《お》い茂っているだけで、建造物はいっさい見当たらなかった。

（どこまで行くんだ？）

時間は確認できないが、だいぶ走っている気がする。不安になってきたとき、前を走る紗月がウインカーを点けて脇道に入った。

道が細くなり、あたりは鬱蒼《うっそう》とした森になる。頭上にも木々の枝が張り出して、日光が遮《さえぎ》られてしまう。さらに霧が出てきて視界が悪くなった。ヘッドライトを点けても乱反射して見えづらい。ますます不安になるが、とにかく彼女が停まるまでついていくしかなかった。

途中、小さな橋を渡り、さらに進むと森から抜けて集落に到着する。いつしか霧も晴れたので、とりあえずほっとした。

ここが紗月の住んでいる村なのだろう。田園風景がひろがる長閑《のどか》なところだ。スピードを落として村のなかを抜けていく。住宅は点在しているが、コンビニなどは見当たらない。たまに歩行者を見かけるだけで、すれ違う車はなかった。

まるで活気が感じられない。四方を山に囲まれており、どこか淋しげな雰囲気が漂っている村だった。

前を行く紗月のバイクが、村の奥にある森の前で停車した。

慎吾も隣でバイクを停めると、サイドスタンドを立ててエンジンを切る。ヘルメットを取って降り立てば、紗月が笑顔で手招きしてきた。

「こっちですよ」

彼女を追って森のなかを進むと、すぐに水の弾《はじ》ける音が聞こえてくる。川が流れており、その先に想像していたより大きな滝があった。

「へえ、すごいですね」

慎吾は思わず立ちどまってつぶやいた。

岩が削り取られたように切り立っていて、上から水が勢いよく落ちてくる。滝壺で水が跳ねあがり、周辺は心なしかひんやりしていた。マイナスイオンが飛び交っているのか、眺めているだけでも気分がすっきり軽くなるようだった。

「きれいでしょう」

紗月が滝を見あげて微笑を浮かべた。

「いいところですね」

「よかった。そう言ってもらえて。わたし、子供のころからここが大好きなんです」

確かに心が洗われるような場所だった。慎吾が小さくうなずくと、彼女は急に真剣な表情で見つめてきた。

「では、わたしはこれで失礼します」

「えっ……」

「ごめんなさい。急用を思い出したので」

紗月は申しわけなさそうに深々と頭をさげる。そして、あっさりその場から立ち去ってしまった。

(そんな……)

ひとり取り残された慎吾は呆然《ぼうぜん》と立ちつくしていた。

せっかくここまで来たのだから、もう少しいっしょにいたかった。先ほどまで感激して見ていた滝が、急激に色褪《あ》せて感じた。

しばらく滝を眺めていたが、ひとりだと虚しくなってしまう。今夜の宿を探さなければならないので、そろそろ出発することにした。滝から離れて森を抜けると、再びバイクにまたがった。そして、静かな村のなかをゆっくり走りはじめた。

2

「なんだ？」

慎吾は思わずフルフェイスヘルメットのなかで大きな声をあげた。

ブレーキをかけてバイクを停めると、目の前の光景を凝視する。先ほど通った橋が土砂で通れなくなっていた。

橋の入口付近に大きな岩がいくつも転がっており、バイクであろうと走る隙間がない。土砂崩れでもあったのだろうか。岩はひとつひとつが巨大で、簡単には動かせそうになかった。

こうなったら他の道を探すしかない。諦めてバイクで村に戻り、田んぼで農作業をしていた年配の男性に声をかけた。

「土砂崩れで橋が通れないんです。他の道を教えていただけませんか」

「あんた、旅でもしてるのかい？」

老人は怪訝《けげん》そうな目で慎吾とバイクをジロジロ眺めまわしてくる。正直いい気持ちはしなかったが、意識して笑みを浮かべつづけた。

「はい。バイクでひとり旅をしています」

「ふうん……」

まるで値踏みするような視線が気になって仕方ない。慎吾は地図を取り出すと、バイクのタンクの上にひろげた。

「この村はどこなんですか？」

じつは村の名前すらわからない。紗月のあとを追って走ってきたので、現在位置を把握していなかった。

「だいたいこの辺だな」

老人が指差したのは、長野県と新潟県の県境あたりだ。この村は「霧碕村《きりざき》」というらしい。だが、地図に村の名前は記載されていなかった。

「橋が通れないなら村から出られんぞ。他に道はない。橋が開通するのを待つしかないな。なあに、心配せんでもよくあることだ」

衝撃的な事実を告げられて、慎吾は黙りこんだ。

もうすぐ午後四時半になろうとしている。これから岩の撤去作業をするとは思えない。今夜はこの村に泊まるしかないのだろうか。

「じゃあ、宿を――」

慎吾が尋ねようとすると、老人は首を左右に振った。

「宿なんてないさ。村長に相談するといい。そこの道を右に曲がってまっすぐだ」

口調はぶっきらぼうだが親切に教えてくれる。老人はそれだけ言うと、背中を向けて農作業に戻っていった。

なにやら面倒なことになってきた。とにかく、教えてもらった道をバイクで走っていく。おそらく村役場があって村長がいるのだろう。ところが、役場らしい建物はなく、前方に朱色の鳥居が見えてきた。

(おかしいな、神社しかないぞ)

慎吾はバイクを停めてエンジンを切った。

すでに日が傾いている。無駄にウロウロするより、誰かに道を尋ねたほうがいいだろう。ヘルメットを取って鳥居を潜《くぐ》ると、周囲は鬱蒼とした森になっている。ちょっとした広場があり、思いのほか大きな拝殿が建っていた。

村は寂れているが、神社は立派だった。

圧倒されて拝殿を見あげていると、白い装束《しょうぞく》を身に着けた宮司《ぐうじ》が現れた。

神職の身分によって、装束の色が異なると聞いたことがある。白地に白い紋の入った袴《はかま》は、かなり位の高い宮司のはずだ。年のころは六十前後だろうか。痩身で小柄だが、背筋がすっとまっすぐに伸びていた。

頭頂部は薄くなっており、脇に少し残っている毛は白髪だ。穏やかな表情を浮かべているが、どこか近寄りがたい雰囲気も漂っていた。

「どうかされましたか？」

宮司は微笑を湛えながら歩み寄ってくる。そして、静かだがよく通る声で語りかけてきた。

「あの、村長さんにお会いしたくて……」

「村長はわたしですが」

「えっ、宮司さんが？」

思わず聞き返すと、宮司はにっこり微笑んでうなずいた。

驚いたことに宮司が村長を兼ねているという。だから、あの老人は神社へ行くように指示したのだろう。慎吾はバイク旅の途中でこの村に立ち寄ったこと、橋が土砂崩れで通れないことなどを説明した。

「土砂崩れはよくあることなのです。他に道がないので不便で仕方がありません。村の者たちで通れるようにしますが、おそらく四、五日はかかるでしょう」

「そんなに……」

思った以上に時間がかかりそうだ。急ぐ旅ではないが、なにしろ泊まるところがないので困っていた。

「霧碕村には宿がありませんので、わたしの家に泊まってください」

宮司は穏やかな声で、まるで慎吾の内心を見抜いたように語りかけてくる。さすがに迷惑だと思うが、宿泊施設がないならお世話になるしかなかった。

「いいんですか……すみません、助かります」

「困ったときはお互いさまです。遠慮してはいけませんよ」

慎吾が恐縮していると、宮司はやさしげな笑みを浮かべた。

山神孝之助《こうのすけ》、六十歳。山神家は代々宮司を務めているという。穏やかな口調のなかにも、村長らしい生真面目さが滲《にじ》んでいる気がした。

慎吾も緊張ぎみに名乗ると、孝之助はうんうんと何度もうなずいた。

「これもなにかの縁です。そう硬くならずに」

「は、はい……」

「ご案内します。お荷物があればお持ちください」

孝之助に言われて、慎吾はいったんバイクへと戻った。

後部席にくくりつけていた荷物を持ってくると、孝之助に案内されて拝殿の横を奥へと進む。すると裏手に本殿があり、さらにその奥に大きな日本家屋があった。

瓦屋根の二階建てで、村に点在していた住宅よりも遥かに立派だ。宮司の実直そうな雰囲気に似合わない豪邸だった。

「どうぞ」

孝之助が玄関の引き戸を開けてくれる。慎吾は恐縮して頭をさげながら玄関に足を踏み入れた。

「お邪魔します」

きれいに磨かれた板張りの廊下に視線を奪われる。すると、襖《ふすま》が開いてひとりの女性が楚々《そそ》とした足取りでやってきた。

「お帰りなさい」

落ち着いた声音が鼓膜を心地よく振動させる。淑《しと》やかなのに、妙に色っぽい大人の女性だった。焦《こ》げ茶のフレアスカートに白のブラウス、その上に黄色のカーディガンを羽織っており、肩にセミロングの黒髪が垂れかかっていた。

「お客さまですか？」

「うむ。こちらは高村さん。旅の方だよ」

孝之助は経緯を説明すると、今度は慎吾に向き直った。

「わたしの家内です」

「お、奥さん……ですか？」

反射的に大きな声をあげてしまう。孝之助とは年が離れすぎている。失礼とは思いつつ、ふたりを交互に見比べてしまった。

「驚くのも無理はないですね」

孝之助は気を悪くした様子もなく、あらためて紹介してくれた。

彼女は後妻の貴和子《きわこ》、三十七歳。宮司の妻らしい落ち着きと、成熟した色気を兼ね備えた女性だった。

(それにしても……)

慎吾はさりげなさを装って、もう一度ふたりの顔をさっと見た。

孝之助とはじつに二十三歳差だ。前妻を病気で亡くしてから独り身を貫いていたが、十年ほど前に再婚したという。物静かな宮司に、ふたまわり近くも年下の後妻がいることが意外だった。

「橋が開通するまで、家に泊まってもらおうと思うんだ」

「わかりました。お困りですものね」

突然の来客にもかかわらず、貴和子は慌てることなく落ち着いている。それどころか、やさしげな笑みを浮かべて見つめてきた。

「ご自宅だと思ってくつろいでくださいね」

軽く声をかけられただけで、慎吾の胸は高鳴った。

カーディガンの前が開いており、ブラウスにたっぷりした乳房のまるみが浮きあがっていた。スカートに包まれた尻も左右にむっちり張り出しており、豊満さを想像せずにはいられなかった。

「お、お世話になります」

ぎくしゃく頭をさげると、孝之助と貴和子は穏やかな笑みを浮かべた。

「貴和子、食事にしようか」

「はい、すぐに準備しますね。高村さん、おあがりください」

「で、では……」

図々しいと思うが、宿がないので厚意に甘えるしかない。遠慮がちにあがると居間に案内された。

（ひろいな……）

二十畳はあるだろうか。やけにひろい和室の中央に、十人以上はゆうに座れそうな座卓が置いてあった。

「どうぞ、お座りください」

「ありがとうございます」

座布団を出されて、勧められるまま腰をおろした。孝之助は座卓を挟んだ向かい側に座った。

「ご自宅だと思ってくださって結構ですから」

そう言われても、なかなかリラックスすることはできない。なにしろ、出会ったばかりなので、どうしても緊張が抜けなかった。

「失礼します」

そのとき、あらたまった声が聞こえて襖が開いた。

女性が正座をして頭をさげている。貴和子ではない別の女性だ。黒いタイトスカートに黒のセーターという、黒ずくめの格好をしていた。

「帰ってきたか。高村さん、紹介します。娘の紗月です」

孝之助が声をかけると、女性がゆっくり顔をあげる。その瞬間、慎吾は思わず目を見開いた。

「えっ……さ、紗月さんっ」

突然のことに驚き、つい名前で呼んでしまった。

ドライブインで出会った紗月に間違いない。いっしょに滝を見に行ったが、彼女とはすぐに別れてしまったのだ。ライダースーツ姿が印象的だったので、すぐには気がつかなかった。

「慎吾くん……」

紗月も驚いた様子で見つめてくる。予想外の出来事ばかりで、なにが起こっているのかわけがわからなかった。

「ふたりは知り合いだったのかい？」

孝之助が首をかしげながら尋ねてくる。そして、説明を求めるように慎吾と紗月の顔を交互に見やった。

「さっき、ドライブインで――」

紗月が話すのを、慎吾は不思議な気持ちで眺めていた。

孝之助の名前を聞いたとき、なんとなく苗字が気になった。しかし、あのときは緊張していたため、紗月と結びつかなかった。

「高村さん、それはすごい偶然でしたね」

孝之助は驚いた様子で言いながら、紗月は前妻との間にできた子供だと教えてくれた。

「慎吾くん、ごめんなさい。わたしが連れてきたばっかりに、村から出られなくなってしまったのね」

紗月が申しわけなさそうに頭をさげる。だが、土砂崩れは誰の責任でもなかった。

「い、いえ、そんな……謝らないでください」

思わぬ展開にとまどいながらも、一方で慎吾のテンションは一気にあがっていた。村から出られなくなったことより、紗月と再会できた喜びのほうが大きい。しかも彼女とひとつ屋根の下で過ごせるのだ。それを考えると、橋はしばらく開通しなくてもいいくらいだった。

「お待たせしました」

偶然の再会に驚いているうちに食事の準備ができたらしい。貴和子がお盆を手にして料理を運んできた。すぐに紗月も立ちあがって手伝いをする。血はつながっていないが母娘の仲はよさそうだ。

「簡単なものしかなくてごめんなさい」

貴和子は謙遜《けんそん》しているが、座卓にはたくさんの皿が並べられている。魚の煮付けに肉じゃが、炊きたての白いご飯に味噌汁、それに自家製の漬物など家庭料理ばかりだ。実家を離れてひとり暮らしをしている慎吾にとって、これほどうれしいものはなかった。

「お口に合えばいいのだけれど」

貴和子が孝之助の隣に座り、紗月は慎吾の隣に腰をおろした。

「いただきます」

美人母娘に見つめられて緊張する。まずは震える箸《はし》で魚の煮付けをほぐすと、落とさないように気をつけながら口に運んだ。

「……うん、うまいです」

お世辞ではなく、自然に言葉が溢れ出た。

ほどよい甘みが口のなかにひろがり、幸せな気持ちが湧きあがる。魚の旨みが出ていて、ご飯が進みそうな味だった。

「お義母《かあ》さんは料理が上手なの。たくさん食べてくださいね」

紗月が満面の笑みを浮かべている。義母の料理を褒められて、心の底からうれしそうな顔をしていた。

「はい。ありがとうございます」

慎吾は返事をしながら、仲のいい母娘を微笑ましく見つめた。

「それにしても災難でしたね」

孝之助が味噌汁をひと口飲み、落ち着いた声音で語りかけてくる。神職に携わっているためか、感情の起伏が小さく常にゆったりしていた。

「でも、目的のない旅なんで、とくに問題はないです」

「なにもない村ですが、せっかくなのでゆっくりしていってください」

山神家の三人は、誰もがやさしい言葉をかけてくれる。本当にいい人たちに助けてもらったと思う。慎吾の緊張は少しずつほぐれて、いつしかゆったりした気持ちで夕食を味わっていた。

「本当においしかったです。ごちそうさまでした」

「お粗末さまでした」

食事を終えると、慎吾は丁寧に礼を言った。すると、貴和子が照れ笑いを浮かべて頭をさげる。美しいだけではなく、礼儀正しくて淑やかだ。しかも、料理の腕前も完壁という理想的な女性だった。

貴和子と紗月が手際よく食器をさげてくれる。そして、洗いものをするため居間から出ていった。

3

「ところで、高村さん」

ふたりになると、孝之助があらたまった様子で話しかけてきた。

「ご相談したいことがあるのですが、少々お時間よろしいでしょうか」

穏やかな表情はそのままだが、見つめてくる目が真剣になっている。なにか大切な話があるようだった。

「はい……」

慎吾は無意識のうちに内心身構えながら返事をする。雰囲気が先ほどまでとは明らかに変わっていた。

「じつは、明後日から祭があるんですよ」

何事かと思ったので、祭と聞いて少々拍子抜けした。

霧崎村で毎年行われている伝統的な祭が、明後日からはじまるという。ふと脳裏に浮かんだのは、露店が出る盆踊りのようなものだ。ところが、孝之助は意外なことを口にした。

「ぜひ、高村さんにも参加していただきたいのです」

「参加……ですか？」

思わず聞き返すと、孝之助は縋《すが》るような表情で首肯《しゅこう》する。なにか深刻な事情があるようだった。

「霧碕村はご覧になったとおりの寒村です。過疎化が進んでいて、若者が圧倒的に足りないのです」

なんとなくわかる気がする。きっと若者は都会に出ていって、村は高齢化が進んでいるのだろう。

「若い人がいないと、伝統の祭をつづけられなくなってしまいます。不躾《ぶしつけ》とは思いますが、ぜひ、高村さんのお力をお借りしたいのです」

孝之助の言葉は切実だった。

「お願いします、高村さん」

懇願されて困惑してしまう。なにやら面倒なことになってきた。しかし、助けてもらった手前、無下に断ることはできなかった。

「どのようなお祭なのですか？」

「五穀豊穣と子宝祈願の祭です」

霧碕村は稲作を生業《なりわい》とする家が多く、春に行われるこの祭で一年の作物の出来を占うという。村人たちも祭にかける気持ちは強いらしい。その大切な祭を、代々宮司が取り仕切っていた。

「それで、俺はなにをすれば……」

力仕事があるのかもしれない。腕力に自信はないが、少しくらいなら手伝うつもりだった。

「『豊穣祭』というのが祭の正式な名称です。でも――」

孝之助はもったいぶったように言葉を切ると、慎吾の目をまっすぐ見つめてきた。

「村人たちは『夜這《よば》い祭』と呼んでいます」

なにやら妖《あや》しげな響きだ。

もしかしたら聞き間違いだろうか。慎吾は思わず眉根を寄せるが、孝之助は構うことなく話しつづけた。

「選ばれた男が五人、女が五人参加します。男はひとりで、二十四時間のうちに女五人を情交で満足させなければなりません。成功者が出た年は豊作になると言われています」

「はっ？」

今度こそ聞き間違いだと思った。

そんな淫らな祭があるはずがない。それが本当だとしたら、その祭の間、参加者はセックスしまくることになる。それが村の伝統だというのか。いくらなんでもあり得なかった。

「あ、あの……意味がよくわからないのですが……」

「五穀豊穣と子宝祈願……元気な若者たちによって村は作られていくのです。今年こそ精力の強い男が現れるのを願っています」

どうやら聞き間違いではなかったらしい。孝之助の顔は真剣そのものだ。冗談を言っているようには見えなかった。

（ま、まさか……そんな祭が本当に……）

慎吾は言葉を発することもできなくなっていた。

昔は奔放な祭もあったと聞いたことがある。しかし、現在も男女が交わる淫らな祭が行われているとは驚きだった。

「お役目の五人に選ばれるのは、大変名誉なこととされています」

「そ、そうなんですか」

なにかいやな予感がする。だが、慎吾は気づかない振りをつづけた。

「高村さんを、お役目のひとりに推薦させていただきます」

「は……はい？」

「祭に参加していただけませんか」

孝之助が強い口調で迫ってくる。真正面からじっと見つめられて、断りづらい雰囲気になっていた。

（ま、まずい……これはまずいことになったぞ）

額にじんわり汗が滲むのがわかった。

なにしろ慎吾は童貞だ。そんな祭に参加したところで、惨敗するのは目に見えている。孝之助が求めているのは、女五人を満足させることができる強い精力の男だ。女性経験が一度もないのに、どう考えても不可能だった。

「す……すみません」

慎吾は遠慮がちに口を開いた。

「俺は村の人ではないので……」

「それなら大丈夫です。わたしの推薦があれば。ですので、どうかお引き受けください」

懇願されると、ますます心苦しくなってしまう。だが、安請け合いするわけにはいかなかった。

「やっぱり俺には無理です。本当にすみません」

童貞の自分が参加しても意味はない。申しわけないと思いながらも、慎吾は深々と頭をさげた。

「お顔をあげてください。わかりました。こちらこそ無理を言ってすみませんでした」

孝之助がやさしく声をかけてくる。

慎吾は胸を痛めながら恐るおそる顔をあげた。気を悪くしたかと思ったが、孝之助は穏やかな笑みを浮かべていた。

「いずれにせよ、橋が通れるようになるまで数日かかります。それまで、いてくださって結構ですよ」

祭への参加を断ったのに気遣《きづか》ってくれる。その言葉に恐縮して、慎吾は頭をさげることしかできなかった。

4

（ううん、眠れない……）

慎吾はなかなか寝つくことができず、何度も寝返りを打っていた。

豆球のオレンジがかった光が部屋のなかを照らしている。十畳の部屋の中央に布団が敷かれていた。

夕飯をご馳走になったあと、孝之助から祭への参加を打診されて断った。その後、洗いものを終えた貴和子と紗月が戻ってきた。

お茶と饅頭をいただき、四人で少し雑談を交わした。

当たり障りのない会話ばかりで、祭の話題はいっさい出なかった。慎吾が大学のことを話せば、彼女たちは村の名所を教えてくれた。明後日から淫らな祭が行われるとは思えないほど、穏やかな時間だった。

それから風呂を借りた。

檜《ひのき》の立派な浴槽が心地よくて、ゆっくり湯船に浸かった。ツーリングで蓄積していた疲労が、溶け出していくようだった。

風呂からあがると、持参していたスウェットの上下を身に着けた。

案内された部屋には、すでに布団が敷いてあった。昼間のうちに干してあったらしく、ふかふかの布団はお日様の匂いがした。

すぐ横になったが、神経が昂《たかぶ》っているせいか眠れない。

今日はいろいろなことがありすぎた。この村にいつまで滞在することになるのだろう。橋が早く開通してくれるのを祈るしかなかった。

（まいったな……）

もうすぐ深夜零時になろうとしている。疲れているのに、まだ眠ることができなかった。

天井をぼんやり眺めていると、カタッという小さな音が聞こえた。

目だけを動かして音のしたほうを見やる。すると、襖がスーッと開いて、廊下の明かりが差しこんできた。

（なんだ？）

誰かが立っている。逆光で顔は陰になっているが、髪が肩にさらりと垂れかかっていた。

（女の人……紗月さんか？）

あの髪の長さは、おそらく紗月ではないか。しかし、こんな夜中にどうしたのだろう。声をかけてくるのかと思ったが、なぜか無言のまま部屋に入ると、襖をそっと閉めた。

廊下の光が遮られたことで、豆球に照らされた顔が薄暗いなかで浮かびあがる。やはり紗月だった。白地に藍色の草花が描かれた寝間着姿で、足音を忍ばせながら歩み寄ってくる。

（なんか、様子がおかしいぞ……）

慎吾は不穏な空気を感じて、とっさに寝た振りをした。だが、どうしても気になり、恐るおそる薄目を開けた。

紗月は布団のすぐ脇まで来ると、畳の上で正座をする。慎吾が寝ていると思いこんでいるのか、無言で見おろしてきた。空気がピンと張りつめて、慎吾は指一本動かすことができなかった。

いったいなにを考えているのだろう。慎吾から普通に話しかければよかったが、完全にタイミングを失ってしまった。

ふいに紗月が動いた。

横から布団のなかに手を忍ばせてくる。なにをするのかと思えば、スウェットパンツの股間に手のひらを重ねてきた。

(あうっ……)

全身の筋肉に力が入った。危うく声が漏《も》れそうになり、ぎりぎりのところで呑みこんだ。

服の上からとはいえ、女性がペニスに触れている。こんな経験ははじめてだ。軽く乗せているだけだが、布地ごしに柔らかい手のひらを感じる。彼女の体温まで伝わってきて、胸の鼓動が速くなった。

(な……なんだ?)

慎吾は困惑して全身を硬直させた。

どうすればいいのかわからない。とにかく目を強く閉じると、自分の心臓の音だけが頭のなかで響き渡った。

いったいなにが起きているのだろう。紗月とは出会ったばかりだ。しかも、彼女は神職者である宮司の娘だった。それなのに、出会ったばかりの大学生が寝ている部屋に忍びこみ、股間をまさぐってきたのだ。

(お、俺は、どうすれば……)

予想外の出来事で頭のなかが混乱している。焦っているうちに、股間に重なっていた紗月の手がじわじわ動き出した。

(ううっ……ま、まずい)

体がピクッと小さく震えてしまう。それでも、慎吾は目を閉じたまま寝たフリをつづけていた。

紗月はゆったりと手を動かしている。まるで円を描くように、スウェットパンツの上から男根を撫でまわしていた。

(こ、このままだと……)

暑くもないのに、額にじんわりと汗が滲んだ。こんなことをつづけられたらペニスが大きくなってしまう。

刺激は小さくても、すべてがはじめての経験だ。女性に触られたことで、体が確実に反応している。ボクサーブリーフのなかで男根がむくむくふくれあがり、瞬《また》く間に彼女の手のひらを押し返した。

「あぁ……」

紗月の唇から、ため息にも似た微かな声が漏れる。

ペニスが勃起したことに気づいたのだろう。指をそっと曲げて、布地ごと太幹に巻きつけてきた。

「うっ……」

今度は慎吾の口から小さな声が溢れ出た。

服の上からとはいえ、女性にペニスを握られているのだ。しかも、紗月は清らかでやさしく、いきなりこんなことをするタイプには見えなかった。同じ家のなかに両親がいるというのに、いったいなにを考えているのだろうか。

(なぜ、紗月さんがこんなことを……)

慎吾の頭のなかを疑問が飛び交っている。どうすればいいのかわからず、とにかく寝た振りをつづけていた。しかし、ペニスは確実に大きくなり、早くも我慢汁が滲み出ているのがわかった。

「慎吾くん……本当は起きているんですよね?」

紗月が静かに語りかけてくる。その間もスウェットの上から男根をつかみ、ゆるゆるとしごいていた。

「ほら、こんなに大きくなってますよ」

「くっ……さ、紗月さん」

起きているのがばれた以上、寝た振りをつづける意味はない。恐るおそる目を開けると、紗月が微笑を浮かべながら見おろしていた。

「ど……どうして？」

股間にひろがる快感に耐えながら疑問を口にする。彼女の考えていることはわからないが、とにかく孝之助や貴和子にばれたらまずいだろう。声のボリュームをできるだけ抑えて、囁《ささや》くような声になっていた。

「お願いがあって来ました」

紗月が布地ごしにペニスを握ったまま語りかけてくる。口調は相変わらず穏やかで丁寧だった。

「あ、あの、その前に手を……」

こんな状態では、まともに話すことができない。震える声で訴えると、彼女の手が股間からすっと離れた。

ところが、紗月は布団を剝《は》ぐと、慎吾のスウェットパンツに指をかけてくる。そして、あっという間にボクサーブリーフごと引きおろした。

「わっ、ちょ、ちょっと……」

勃起したペニスが剝《む》き出しになってしまう。ひんやりとした空気が熱くなった股間をさっと撫でた。

(ど、どうすれば……)

激烈な羞恥がこみあげる。母親以外の女性にペニスを見られたことなどない。反射的に手で覆い隠そうとするが、それよりも早く紗月のほっそりした指が太幹に巻きついた。

「うっ……」

服の上からとは異なる快感がひろがった。温かい指と手のひらの感触がダイレクトに伝わり、軽く握られただけでも尿道口から我慢汁が溢れ出した。

「ああっ、すごく大きいのね」

紗月はうっとりした声でつぶやき、硬さを確かめるように太幹をしっかり握りしめてくる。力を入れたり緩めたりをくり返して、鉄棒のように硬化したペニスを手のひらで感じていた。

「ううっ、さ、紗月さん……」

慎吾は快感に耐えるだけで、まともに話すことさえできなくなる。わけがわからないまま、両手でシーツを握りしめていた。

「折り入って慎吾くんにお願いがあるんです」

紗月は指をペニスに巻きつけたまま、静かな口調で語りかけてくる。見おろしてくる瞳はしっとり潤み、なにやら艶っぽい表情になっていた。

「ぜひ明後日からはじまる豊穣祭に参加していただきたいのです」

「ま、祭……そのことなら、宮司さんに——ううっ」

慎吾の言葉を遮るように、ペニスをゆるゆるとしごかれる。紗月のほっそりした指が、硬くなった肉棒の表面を擦りあげたのだ。とたんに快感が沸き起こり、慎吾の言葉は呻《うめ》き声に変わっていた。

「ええ、父から聞いています。そのうえで、こうしてあらためてお願いにあがったのです」

紗月は囁くような声で言いながら、ペニスをゆったりしごいている。慎吾が断ったことを知っているのに、再び祭への参加を求めてきた。しかも、こんなふうに寝床に忍んでくるとは普通ではない。

「若い人が足りないのです。どうか、お役目を引き受けていただけませんか」

訴えかけてくる声は切実だが、唇の端には微笑が浮かんでいる。そして、ペニスをやさしくしごきつづけていた。

ほっそりした指で太幹をゆっくりしごいてくる。さらにはカリの段差をくすぐるように擦られて、慎吾はたまらず腰をよじらせた。

「ううっ、さ、紗月さんっ」

快楽の呻き声を抑えられない。我慢汁が次から次へと溢れて、亀頭全体にひろがっていく。紗月の指も濡れてしまうが、まったくいやがる様子もなく手を動かしつづけていた。

「お祭に参加していただけますか」

ヌルヌルになったカリを擦られると、むず痒い快感が湧きあがる。ペニスはかつてないほど硬くなり、尻がシーツから浮きあがった。

「ううウッ、ま、待ってくださいっ」

これ以上つづけられたら、あっという間に射精してしまう。懸命に訴えると、紗月が手をすっと離した。

快感の波がサーッと引いていく。危うく暴発するところだったが、ギリギリのところでなんとか回避した。しかし、安心したのも束の間、再び彼女の指が太幹に巻きついてきた。

「ちょ、ちょっと……」

「慎吾くんのここ、とっても硬くなってますよ」

紗月はうっとりした瞳で見おろしながら、再び男根をしごきはじめる。指に付着した我慢汁が潤滑油となり、蕩《とろ》けるような快感が湧き起こった。

「さ、紗月さん……うむッ」

指が太幹の表面をスライドする。ゆったりした動きだが、童貞の慎吾にとっては強烈な刺激だった。

「大切なお祭なんです。霧碕村の人たちを助けると思って、どうか参加していただけないでしょうか」

真剣な口調で頼んでくるが、右手はねちっこく動きつづけている。柔らかい指が太幹をじわじわ這いあがり、カリ首を締めつけては再び根元に戻っていく。それを何度もくり返されて、尿道口から新たなカウパー汁が溢れ出した。

「ま、祭のことは、ぐ、宮司さんに……」

「父も慎吾くんを頼りにしています。お願いです。もう村の若者だけでは、どうにもならないのです」

「そ、そんなこと言われても……」

「村人たちはお祭で成功者が出ることを願っています。それが皆の活力になるのです。今年こそ、成功者を出さなければならないのです」

紗月の声は切実だった。

本気で村のことを心配している気持ちが伝わってくる。その一方で、ペニスをしごくスピードを徐々にあげていった。

「うッ、ううッ……も、もうっ」

我慢汁にまみれた太幹を擦られて、またしても射精欲がふくれあがる。両手でシーツを強く握り、腰を右に左によじらせた。

「くうううッ」

「お役目を引き受けていただけますか？」

「そ、それは……」

慎吾が返答を渋ると、紗月の手が太幹から離れてしまう。その結果、限界近くまで膨張した快感がぷっつり途切れた。

「あっ、そんな……」

つい不満げな声が漏れてしまう。はっとして赤面すると、紗月は目を細めて微かに笑った。

「せっかくこうしてお知り合いになれたのです。橋が通れなくなって、うちに泊まることになったのも、なにかの縁だと思いませんか？」

「そ、それは、まあ……」

「だったら、どうかお力を貸していただけないでしょうか」

再びペニスに指を巻きつけてくる。軽く握られただけでも、先端から透明な汁が大量に溢れ出した。

「ううッ……も、もうダメです」

慎吾は息を乱しながら訴えて首を左右に振りたくった。

快感を送りこまれては、達する寸前で突き放される。もう欲望を放出したくてたまらない。目の前に紗月がいなければ、自分で思いきりしごいているところだ。だが、できることなら彼女の手で射精に導いてほしかった。

「ああっ、硬い……慎吾くんのすごく硬いです」

紗月が喘ぐようにつぶやき、太幹に巻きつけた指をスライドさせる。我慢汁のヌメリを利用して、ねちねちと擦りあげてきた。

「も、もう……ううぅッ」

慎吾は愉悦《ゆえつ》にまみれて全身をよじらせる。握られているペニスの先端からは、カウパー汁が滾々《こんこん》と溢れていた。

「お祭に参加していただけるのなら、もっといいことをしてあげますよ」

またしてもスローペースで男根をしごきつつ、甘い言葉を囁いてくる。ほんの少しの刺激を与えられただけで、急激に射精欲がふくれあがった。

「ううッ……うううッ」

こらえきれない呻き声をあげると、それで絶頂が近いと悟ったらしい。紗月はすぐにまた手を離した。

「ど……どうして……」

放置されたペニスが、虚しく首を振っている。先端からは透明な汁が溢れつづけており、亀頭から太幹にかけてをしっとり濡らしていた。

「村のためです。慎吾くんがお祭に参加するという確約がほしいのです」

豆球のオレンジがかった光が、紗月の整った顔を照らしている。村のことを語る表情は真剣だ。そして、再び右手でペニスをつかんでくる。やっていることは淫らだが、祭にかける思いはひしひしと伝わってきた。

「ま、待って……おううッ」

常に絶頂寸前の状態になっており、少し触られただけでも射精欲が暴れ出す。尻がシーツから浮きあがって、新たなカウパー汁が分泌された。

「橋が開通するまで時間がかかります。どうせ村にいるのだから、お祭に参加していただけませんか」

「で、でも、俺は……」

一番の問題は女性経験がないことだ。童貞の自分が参加したところで、期待外れに終わるのは目に見えていた。

「慎吾くん、お願いします」

紗月が懇願しながらペニスをしごいてくる。もはや彼女の指も太幹も、カウパー汁でぐっしょり濡れていた。ヌルヌル滑る感触が気持ちいい。ペニスが蕩けるような感覚に包まれた。

「ううッ、む、無理です」

「どうしてですか。失敗しても構いませんから」

なにを言っても紗月は引こうとしない。指をゆったり動かして、途切れることなく快感を送りこんできた。

「くううッ、だ、だって……け、経験が……」

「経験？　経験ってどういうことですか？」

紗月は首をかしげて見おろしてくる。もちろん、その間も手はしっかり動かしつづけていた。カウパー汁でコーティングされた肉棒の表面を指が滑っている。かと思えば、敏感な裏筋を爪の先でツツーッとくすぐり、さらには指の腹で尿道口をクチュクチュとねぶられた。

「うむッ、も、もうっ」

「お祭に参加していただけますか」

紗月はまたしても祭への参加を求めてくる。そして、ペニスがドロドロになるほど擦りまくってきた。

「慎吾くんのお力を貸してください」

「ううッ、で、でも……ど、童貞なんですっ」

これ以上の焦《じ》らし責めには耐えられない。たまらず童貞であることを告げると、紗月は納得した様子でうなずいた。

「そうだったんですね。でも、大丈夫です。こんなに擦っても、まだ耐えられてるじゃないですか」

「も、もう……もう限界です」

慎吾は息も絶えだえに訴える。すると、またしても紗月はペニスから手をぱっと離した。

「まだ出してはダメですよ」

「そ、そんな……」

つい情けない声が漏れてしまう。

何度も快感を与えて絶頂寸前まで追いあげられるが、それより先には進ませてもらえない。女性にペニスをしごいてもらうのは、自分でするのとはまったく次元の異なる快感だ。しかし、絶頂の一歩手前で刺激が途切れて、イクにイケない状態がつづいていた。

「さ、紗月さん……お、俺、もう……」

頭のなかがまっ赤に染まっている。もう精液を放出することしか考えられない。自然と腰が浮きあがり、離れていった彼女の手を追い求めていた。

「お祭に参加していただけますか？」

紗月の指が再び太幹に巻きついてくる。ただ握られただけなのに、カウパー汁でヌルリッと滑った。

「ぬおッ……」

「参加していただけるのなら、このまま最後まで」

囁く声が鼓膜を妖しく振動させる。そして、ゆったりペニスをしごかれると、またしても蕩けるような快感の波が押し寄せてきた。

「おッ……おおッ」

「このままイキたいですか？」

紗月が甘く囁いてくる。もはや我慢汁がとまらず、慎吾は全身を小刻みに震わせていた。

「イ、イキたい……イキたいです」

震える声で訴える。羞恥がこみあげるが、それ以上に焦らされつづけたことで欲望がふくれあがっていた。

「イカせてあげますから、お祭に参加すると言ってください。言ったら、すぐにイカせてあげますよ」

彼女の指がカリを小刻みに擦ってくる。さらには指先で尿道口をヌルリッ、ヌルリッと撫でまわされた。

「くうぅッ」

新たな快感の波が押し寄せる。しかし、達する寸前の状態をキープされて、まだ発射することができなかった。

「お祭に参加するだけでいいんです。慎吾くん、お願いします」

紗月の手の動きがほんの少し速くなる。カリを集中的に擦ったと思えば、太幹を根元までしごいてきた。

「おおッ……も、もっと……」

あと少しで達することができる。ところが、紗月はそれ以上の快感を与えてくれない。ギリギリのところでまた手が離れていく。慎吾は両手でシーツを握りしめて股間を突きあげた。

「くううッ、さ、紗月さんっ」

「お祭に参加すると約束してくれますか」

「し、しますっ、祭に参加しますっ、だ、だからっ、イキたい、イカせてくださいっ」

わけがわからなくなり大声で口走る。とにかく、もう精を吐き出すことしか考えられない。慎吾は絶頂を欲して、腰を激しく振り立てた。

「慎吾くん、ありがとう」

紗月は感謝の言葉を述べるとペニスを握り、手の動きを速くする。太幹に巻きつけた指をスライドさせて、思いきり快感を送りこんできた。とくに張り出したカリを擦られると、甘い痺れが股間から全身へとひろがった。

「ううッ、い、いいっ、気持ちいいっ」

もう黙っていられない。慎吾は呻き声とともに快感を訴えると、両手でシーツを掻《か》きむしった。

「ああっ、気持ちいいのね。イッていいのよ」

紗月も興奮した様子で囁き、手の動きを速くする。反り返った肉柱をしっかりつかみ、ラストスパートといった感じでしごき立ててきた。

「も、もうっ……おおおッ、もうっ」

遠くに見えていた快感の大波が、轟音とともに押し寄せてくる。慎吾は尻をシーツから浮かせた状態で、ついに欲望を爆発させた。

「き、気持ちいいっ、おおおッ、おおおおおおおッ！」

雄叫《おたけ》びをあげながら思いきり精液を噴きあげる。ペニスの先端から飛び出したザーメンは、白い放物線を描いて自分の胸に飛び散った。

「ああっ、すごいわ。こんなにいっぱい出して」

紗月はヒクつく男根をしごきながら、濡れた瞳で見おろしてくる。慎吾が達する瞬間を見届けて、どこかうっとりした表情になっていた。

最後の一滴まで絞り出そうとしているのか、達した直後の男根をゆるゆるとしごかれる。くすぐったさをともなう快感がひろがり、慎吾はシーツの上で仰向《あおむ》けになった体を震わせた。

自分でしごくのとは比べものにならない快感に酔いしれている。紗月の手で絶頂へと導かれるのは、かつて経験したことのない愉悦だった。

祭に参加することを承諾してしまったが、今はどうでもよかった。

第二章　夫のいない寝室で

1

「んんっ……」

慎吾は布団のなかで軽く伸びをして目を覚ました。

カーテンごしに日の光が差しこんでいる。時間を確認すると、朝九時になるところだった。

昨夜のことが脳裏に浮かび、羞恥と快感がよみがえる。

紗月に手でしごかれて、思いきり射精してしまった。散々焦らされた挙げ句、祭に参加することを承諾させられたうえ、大量の精液をまき散らした。

達したあとも、紗月は後戯とばかりに、ねちっこく男根をしごきあげていた。慎吾は射精後、朦朧《もうろう》としたまま眠りに落ちて、一度も目覚めることはなかった。

布団がきちんとかけてある。膝までおろしてあったスウェットパンツとボクサーブリーフも、しっかり引きあげられていた。きっと紗月が直してくれたのだろう。

（そういえば……）

布団を剝いで、自分の胸もとを見おろした。

昨夜、ザーメンが飛び散ったが、スウェットには染みができていない。これも、おそらく紗月が拭き取ってくれたのだろう。

それにしても、紗月の考えていることがわからなかった。

この村の人たちにとって、祭はよほど大切な行事らしい。それは理解できたが、色仕掛けまで使って慎吾を参加させたかった理由はなんだろう。若い人が少ないと言っていたが、だからといって慎吾にこだわる必要はないのではないか。少しくらい年齢があがっても、村の男のほうがいい気がする。

（よくわからないな……）

今ひとつ納得がいかず首をかしげたとき、廊下に人の気配がした。

「高村さん……」

宮司の妻である貴和子の声だった。

「あっ、は、はい」

返事をする声が震えてしまう。

昨夜のことがばれていないだろうか。思い返してみると、快楽にまみれてずいぶん大きな声をあげてしまった。もしかしたら、貴和子に聞かれたのではないか。そう考えると平静ではいられなかった。

「おはようございます。朝食の準備ができております」

貴和子の声は落ち着いている。昨夜のことを知っていたら、こんな声は出せないのではないか。

「お、おはようございます。すぐに行きます」

慎吾は緊張しながら応えると、慌てて布団から身を起こした。

今は誰にも会いたくないが、そういうわけにもいかない。この村から出られない以上、この家でお世話になるしかないのだ。とにかく部屋から出ると、昨夜食事をした居間に向かった。

「失礼します」

恐るおそる襖を開ける。ところが、居間には誰もいなかった。

（……あれ？）

ほっとすると同時に拍子抜けする。

てっきり紗月と孝之助もいると思ったのだが、座卓に用意してあったのはひとりぶんの食事だった。

「高村さん」

背後から声が聞こえてドキリとする。振り返ると、そこには微笑を浮かべた貴和子が立っていた。

「ど、どうも……」

とっさに顔色をうかがってしまう。紗月のほうから迫ってきたとはいえ、それを受け入れたのは事実だった。

貴和子の様子は昨日とまったく変わらない。相変わらず穏やかな笑みを浮かべて、やさしげな瞳で見つめてきた。

やはり昨夜のことは知らないのではないか。もし知っていたら、冷静ではいられないだろう。娘が旅の男の部屋に忍びこんだのだ。紗月と血はつながっていないとはいえ、気にならないはずがなかった。

「どうぞ、お入りください」

落ち着いた声音が耳に心地いい。だが、慎吾の緊張がそう簡単にほぐれるはずもなかった。

「は、はい……」

恐縮しながら居間に足を踏み入れる。そして、座布団が敷いてある場所に腰をおろした。

「簡単なものですけど」

座卓にはすでに朝食が並んでいる。川魚の塩焼きに卵焼き、納豆と漬物、それに味噌汁。貴和子は謙遜するが、ひとり暮らしで朝を抜くことが多い慎吾にとっては充分すぎる朝食だった。

「あの、みなさんは？」

遠慮がちに尋ねてみる。貴和子は慎吾のすぐ隣で正座をして、ご飯をよそってくれていた。

「もう食事をして、お祭の準備に取りかかっています。いよいよ明日ですから」

「あっ、なるほど……」

慎吾は思わず言葉を呑みこんだ。昨夜のことが後ろめたくて、祭の話はできるだけ避けたかった。

「紗月に聞きましたよ」

ふいに貴和子が語りかけてくる。いきなり紗月の名前が出て、瞬間的に心臓がすくみあがった。

「お祭に参加してくださるのですね。ありがとうございます」

貴和子は額が畳につくほど深々と頭をさげた。

どうやら、紗月から報告を受けているらしい。貴和子は承諾した経緯も知っているのだろうか。胸の鼓動が速くなるが、確認する術《すべ》はなかった。

「ご、ご期待には添えないと思いますけど……」

慎吾が小声でつぶやくと、貴和子はすっと手を握ってきた。

「そんなことおっしゃらずに、どうかよろしくお願いします」

「い、いや、でも……」

「夫も喜んでおりました。本当に……本当にありがとうございます」

心から感謝している様子が伝わってくる。そんな貴和子の様子を目《ま》の当たりにして、慎吾はますます心苦しくなった。


朝食を終えると、とくにすることがなくなった。

貴和子は家の掃除をはじめている。手伝いを申し出たが、やんわりと断られた。客人に手伝わせるわけにはいかないのだろう。慎吾も邪魔になるだけだと思って、それ以上はなにも言わなかった。

そこで村を散策することにした。

貴和子に声をかけてから家を出る。神社の本殿では人の気配がした。おそらく祭の準備をしているのだろう。慎吾は複雑な気分になり、早足で境内《けいだい》を抜けると、表に停めてあるバイクにまたがった。

（やっぱり祭に参加しないといけないのかな）

思わず小さく息を吐き出した。

土砂崩れで橋が通れなくなったのは想定外のハプニングだった。でも、孝之助に助けてもらったことは心から感謝している。しかし、昨夜の出来事は、いまだに信じられなかった。

（紗月さん、どうしてあんなことまで……）

ふと衝撃的な光景が脳裏によみがえる。

清楚な女性だと思っていた紗月が、ペニスをしごきながら祭への参加をうながしてきたのだ。あの強烈な快感は、慎吾の心と体にしっかり刻みこまれている。こうして思い返すだけでも股間がズクリと疼《うず》いた。

「くっ……」

慎吾は小さく首を振って昨夜の記憶を掻き消すと、バイクのエンジンをかけて走り出した。

ぼんやりしていても仕方がない。橋が通れないのなら他の道を探すつもりだ。道はそれしかないと聞いているが、とりあえず探してみようと思う。紗月のことは気になるが、祭にはかかわりたくなかった。

ゆっくり走っているうちと森が見えてきた。昨日行った滝の近くだ。

森に沿ってゆっくり移動してみる。どこかに抜け道があるかもしれない。獣道《けものみち》でもバイク一台なら通れるかもしれなかった。

するると、森に入っていく小道を発見した。

獣道ではなく、明らかに人が歩いた形跡がある。バイクを停めて森のなかにつづく小道を歩いていく。すると、奥に川があり、その手前に湯気が見えた。

どうやら温泉が湧いているらしい。しかも、大きな岩で組まれた露天風呂だ。おそらく村人たちの手作りではないか。屋根はなくて浴槽だけだが、三、四人は同時に入れる広さがある。夜なら、きっと星空が美しいに違いない。

(へえ、露天風呂か……)

興味が湧いたが、今は抜け道を探す方が先決だ。あたりに視線をこらすが、獣道すら見当たらなかった。

小道を戻り、再びバイクで走りはじめる。あるかどうかもわからない抜け道を探すのは、気分的につらいものだ。孝之助も他に道はないと言っていた。

「おっ……」

諦めて戻ろうかと思ったときだった。慎吾はヘルメットのなかで小さな声をあげてバイクを停めた。

またしても森のなかにつづく小道があった。先ほどよりも太い道で、少し登り坂になっている。砂利道だがバイクも通れそうなので、低速で慎重に走っていく。すると、奥に湖がひろがっていた。

バイクを停めてエンジンを切った。

水が澄んでおり、湖面がキラキラと輝いている。穏やかな風が吹き抜けるのも心地いい。人の気配はなく、物音はいっさい聞こえない。湖畔にはボートがあり、村民たちの憩《いこ》いの場所といった感じだ。

（こんなところもあるのか）

普通にツーリングしているときに訪れたのなら、ここでひと休みしていくところだろう。しかし、今は気分的にそんな余裕はなかった。

周囲を見まわすが、ここから抜ける道はない。湖のほとりに一軒家があるだけで、他に目立った物はなにもなかった。やはり橋が通れるようになるのを待つしかないのだろうか。作業の状況を見ておこうと、再びバイクで走りはじめた。

（なんだよ。まだ全然じゃないか……）

橋の手前でバイクを停めると、慎吾は思わずため息を漏らした。

ヘルメットを取り、バイクから降りて橋に歩み寄っていく。ゴロゴロとした大きな岩が行く手をふさいでいる。村人たち総出で作業しているのかと思ったが、そこには誰もいなかった。

これではいつまで経っても村から出ることができない。がっくり肩を落としていると、バイクの排気音が聞こえてきた。

はっとして振り返る。すると、村のほうから黒いバイクが近づいてきた。

(紗月さん……)

ヘルメットをかぶっているが、すぐに紗月だとわかった。

今日は赤いブルゾンにジーパンというカジュアルな服装だ。ヘルメットを取ると、長い黒髪がサラリと宙を舞った。

紗月の顔を見た瞬間、昨夜のことが脳裏によみがえる。

ほっそりとした指でペニスをやさしくしごかれて射精に導かれた。あの夢のような快楽は、今でも下腹部にしっかり残っている。こうして反芻《はんすう》するだけで、股間がむずむずと疼きはじめた。

(ダ、ダメだ、なにを考えてるんだ)

慌てて胸のうちで自分自身を戒《いまし》める。

きっと紗月は祭にかける思いが強すぎて、あんなことをしたのだろう。慎吾に参加してほしかっただけで、特別な気持ちがあるわけではない。勘違いをして嫌われるようなことだけは避けたかった。

「やっぱりここだったのですね」

紗月はそう言ってバイクから降りてきた。どうやら慎吾を捜していたらしい。なにやら深刻そうな顔で歩み寄ってきた。

「お祭の準備が忙しくて、岩の撤去作業は明日から取りかかるそうです。本当にすみません」

紗月は深々と頭をさげてくる。

そんなことをされると、逆に申しわけない気持ちになってしまう。悪いのは紗月ではない。橋が通れなくなったのは自然災害が原因だった。

「い、いえ、そんな……お気になさらずに」

「昨夜のことも……突然、あんなことをして、驚かれたでしょう？」

紗月が言いにくそうにしながら切り出した。

慎吾はどう答えればいいのかわからず、赤面して黙りこんでしまう。なにしろ童貞なので刺激が強すぎた。羞恥が先に立ってしまい、まともに顔を見ることさえできなくなった。

「でも、慎吾くんがお祭に参加すると言ってくれてほっとしました。ありがとうございます」

「そのことなんですけど——」

「男性を五人集めるだけでも大変なんです」

慎吾の弱々しいつぶやきは、紗月の声に掻き消された。

心底安堵した顔を見せられると、慎吾はそれ以上なにも言えなくなってしまう。できることなら断りたい。しかし、焦らし責めに耐えきれず、了承してしまったことをはっきり覚えていた。

「でも、俺は、その……経験が……」

祭では女性五人をセックスで満足させなければならないという。童貞の自分にそんなことができるとは思えなかった。

「心配ないですよ。慎吾くんならきっと大丈夫です」

紗月はそう言って微笑んだ。

「では、お祭の準備があるので、わたしは失礼します」

丁寧に頭をさげると、紗月はバイクにまたがって走り去った。祭に参加することを了承した慎吾に礼を言うため、わざわざ来たのだろう。

(本当に俺が……いや、やっぱり無理だよ)

ひとり残された慎吾は途方に暮れてしまう。

いくら紗月が元気づけてくれても、自信が湧いてくるはずもない。なにしろ童貞なのだ。女性を満足させるどころか、すぐに暴発するのは目に見えていた。

2

「よく決心してくれました。ありがとうございます」

夕飯の席で会ったとたん、孝之助から礼を言われてたじろいだ。

「昨年は成功者が出ておりませんが、今年は期待できそうです」

慎吾が祭に参加することは、すでに既成事実となっている。今さら無理ですとは言い出せない状況だった。

（まいったな……）

助けを求めるように、隣に座っている紗月の顔を見やる。しかし、彼女もすっかりその気になっており、にっこり微笑み返してきた。

困りはてて貴和子に視線を向けるが、やはり微笑を浮かべているだけだった。

しかし、貴和子の瞳にこれまでとは異なる光を感じたのは気のせいだろうか。もしかしたら、慎吾のことを気の毒に思っているのかもしれない。とはいえ、貴和子がなにか言葉をかけてくることはなかった。

「霧碕村はほとんどが農家ですが、土が悪くて多くの収穫量は望めません。だから、なおさら祭にかける気持ちが強くなるのです」

誰もが祭の成功を願っている。

霧碕村の人々にとって、伝統的な祭はなにより大切なものらしい。寂れていく一方の村には、なにか縋るものが必要なのだろう。

それはわかるが、慎吾はたまたま立ち寄っただけの部外者だ。祭の成功を託されても困ってしまう。逃げ出したい衝動に駆られるが、橋が通れない以上どうすることもできなかった。

晩ご飯のあと、ひとりになりたくて自分の部屋に引っこんだ。

布団の上で胡座《あぐら》をかき、明日の祭のことを考えた。孝之助の様子を思い返すと、慎吾に過度な期待をしているのは明らかだ。両肩に重圧がのしかかり、うつむいたまま身動きできなかった。

「高村さん……」

襖の向こうから声が聞こえた。すぐに貴和子だとわかった。しかし、今は誰にも会いたくなかった。

「お茶をお持ちしました」

再び声をかけられる。穏やかな声音は、慎吾のことを気遣っているようだった。

「は……はい」

無視するわけにはいかない。返事をすると、襖が静かに開けられる。そして、お盆を手にした貴和子が楚々とした足取りで入ってきた。

「失礼いたします」

焦げ茶のフレアスカートにクリーム色のセーターを着ている。ストッキングは穿いておらず、素足で畳の上を歩いてきた。

貴和子は布団の脇で正座をする。そっと置かれたお盆には、緑茶の入った湯飲みと饅頭が載っていた。

「どうぞ、お召しあがりください」

「あ、ありがとうございます」

慎吾も布団の上で正座をして頭をさげた。

すぐに出ていくのかと思ったが、貴和子はなにか言いたげに見つめてくる。慎吾は目を合わせることができず、ただうつむいていた。

「お祭のお役目……本当は重荷なのではありませんか」

貴和子が穏やかな声で語りかけてくる。期待ではなく気遣う言葉が、慎吾の胸に深く響いた。

「お、俺……自信がなくて……」

苦しい胸のうちを吐露すると、膝の上に置いた両手を強く握りしめる。すると、そこに彼女の手のひらが重なってきた。

「高村さん……」

温かくて柔らかい手のひらの感触にドキリとする。顔をあげると、貴和子がやさしげな瞳で見つめていた。

「あまり気負わないでください。わたしたちにとってお祭は大切なものですが、高村さんのご負担になっているのではと気になっておりました」

「奥さん……」

手をそっと握られて、胸に熱いものがこみあげる。貴和子は慎吾が感じている重圧に気づいていたのだろう。誰かが理解してくれているとわかっただけで、一気に気持ちが楽になった。

貴和子から辞退できるよう頼んでもらえないだろうか。慎吾がそう考えたとき、

「わたしでよろしければ、手ほどきさせてもらえないでしょうか」

貴和子が恥ずかしげにつぶやいた。「手ほどき」という思わぬ言葉に驚かされた。

「手ほどきって、もしかして……」

「紗月から聞きました。一度でも経験があれば、少しは自信がつくと思うのです」

どうやら、慎吾が童貞だということを知っているらしい。羞恥がこみあげるが、貴和子が言うことにも一理あった。

「で、でも、奥さんは……」

彼女は人妻だ。しかも、同じ屋根の下に夫がいる。いくらなんでも、あり得ない話だった。

「夫は宮司と村長を兼務しています。その夫を支えるのがわたしの役目です。わたしもお祭の成功を願っているのです」

「いや、でも……」

慎吾がとまどっていると、貴和子はすっと立ちあがり、セーターをまくりあげて頭から抜き取ってしまう。さらにスカートも脱ぎ去り、ベージュのキャミソール姿になった。

まるみを帯びた肩が剝き出しで、乳房の谷間も露《あら》わになっている。キャミソールの裾《すそ》がミニスカートのようになり、肉づきのいいむっちりした太腿《ふともも》が剝き出しになっていた。

(なっ……なにを……)

慎吾は困惑して言葉を失った。瞬《まばた》きすら忘れて、目の前の人妻を凝視していた。

貴和子はさらにキャミソールも脱いで、ベージュのブラジャーとパンティだけになる。むちむちに熟れた女体は匂い立つようだ。自分で脱いでおきながら、恥ずかしそうに身体を抱きしめて、内腿をもじもじ擦り合わせていた。

「そんなに見られたら恥ずかしいです」

そう言いながら、両手を背中にまわしてブラジャーのホックをはずす。とたんにカップが上方に弾け飛び、たっぷりした乳房がまろび出た。

（す、すごい……）

慎吾は思わず生唾《なまつば》を飲みこんだ。

手を伸ばせば届く距離で、大きな乳房が揺れている。乳輪も乳首も大きめだ。彼女が身じろぎするたび、柔肉がタプタプと柔らかそうに波打った。

（これが、本物の……お、おっぱいなんだ）

女性の乳房を生で目にするのはこれがはじめてだ。アダルトビデオやインターネットとは異なる本物の迫力に圧倒された。

「高村さんも脱いでください」

貴和子が身をよじりながら語りかけてくる。自分だけ裸なのが恥ずかしいのか、慎吾の目をじっと見つめてきた。

「ま、まずくないですか……」

同じ家のなかにいる夫のことが気になって仕方がない。もしバレたら大変なことになる。

「夫はお祭のことが最優先なんです。高村さんが責められることは絶対にないから、安心してください」

貴和子はきっぱり言いきると、パンティのウエストに指をかけた。

「ほ、本当に……大丈夫なんですね」

もはや慎吾も興奮を抑えられなくなっている。しつこく尋ねながらもスウェットの上下を脱ぎ捨てて、ボクサーブリーフ一枚になっていた。

すでにペニスが激しく屹立《きつりつ》している。ボクサーブリーフの前が大きくふくらみ、突き破りそうな状態だ。大量の我慢汁が溢れており、グレーの生地に黒っぽい染みがひろがっていた。

「もうそんなに……」

貴和子が慎吾の股間を見つめながら、ゆっくりパンティをおろしていく。黒々とした陰毛が溢れ出して、ついに人妻の裸体が隅々まで露わになった。

「おおっ……」

慎吾も慌ててボクサーブリーフを脱ぎ捨てた。

いきり勃《た》ったペニスが剝き出しになるのは恥ずかしいが、それよりも興奮のほうがうわまわっている。これから童貞を卒業できると思うと、それだけで全身が燃えあがったように熱くなった。

「お、奥さん……お、俺……」

一刻も早くセックスしたいが、なにしろ童貞なので手順がわからない。焦っておろおろしていると、貴和子が肩にそっと触れてきた。

「慌てなくても大丈夫です。わたしが全部教えてあげます」

耳もとに唇を寄せて、穏やかな声で囁いてくれる。そして、布団の上で横になるように誘導された。

慎吾が仰向けになると、すぐに貴和子も添い寝をしてくる。そして、熟れた女体をぴったり寄せてきた。

(ああ、なんて柔らかいんだ……)

たっぷりした乳房が腕に触れて、プニュッと柔らかくひしゃげている。慎吾の脚に太腿を重ねることで、恥丘が腰に押し当てられた。陰毛のサワサワした感触で一気にテンションがアップする。太腿のむっちりした肉感もたまらなかった。

「お……奥さん」

呼びかける声が震えてしまう。隣を見ると、三十七歳の熟れ妻が熱い眼差《まなざ》しで見つめていた。

「楽になさってくださいね」

貴和子の芳《かぐわ》しい吐息が鼻先をかすめる。慎吾は無意識のうちに深呼吸して、人妻の香りを堪能した。

「緊張していますか」

「は……い……」

裸の女性と密着しているのだ。まともに返事ができないほど緊張している。ペニスはますますそそり勃ち、先端から我慢汁が溢れ出した。

「高村さんのここ、すごいことになってますよ」

貴和子が指先で亀頭の先端にチョンと触れる。たったそれだけで、痺れるような快感が走り抜けた。

「うッ……す、すみません」

「謝らなくていいのよ。ここが硬くなるのは男の人なら当然のことですもの」

そう囁いて太幹に指を巻きつけてくる。慎吾の目を見つめたまま、ゆるゆるとしごきはじめた。

「ううッ……」

「すごく硬くて素敵です。高村さん、とっても男らしいですよ」

貴和子は自信をつけるように耳もとで語りかけてくれる。そのおかげかペニスはさらに硬さを増して、隆々と反り返った。

「ああっ、こんなの見せられたら、わたしも……」

ため息まじりにつぶやき、貴和子が股間を慎吾の腰に押しつけてくる。片脚を乗せあげた状態なので、女陰がしっかり密着していた。

(ぬ、濡れてる……奥さん、濡れてるんだ)

確かな湿り気が伝わり、慎吾は思わず貴和子の顔を見つめ返す。すると、彼女は頬を桜色に染めあげた。

「男の人が興奮しているとわかれば、女も興奮するんです」

そう言って貴和子は隣で仰向けになり、いっそう熱い瞳で見つめてくる。そして、片手でペニスをつかんだまま、ゆったりとしごきつづけていた。

「高村さん……来てください」

人妻の甘い囁きが鼓膜をくすぐる。たったそれだけで、慎吾の心臓はバクバクと大きな音を立てはじめた。

「お……奥さん」

かつてないほど興奮している。とにかく体を起こすと女体に覆いかぶさった。そのとき、貴和子が脚を開いてくれたため、自然と正常位の体勢になっていた。

(女の人の……アソコが……)

目に映るものすべてが刺激的だった。

恥丘には漆黒の陰毛が密生しており、その下には紅色の割れ目が見えていた。二枚の陰唇は少し形崩れしていて、狭間《はざま》から透明な汁がジクジク溢れていた。

「触ってください」

貴和子は慎吾の手を取ると、自分の乳房へと導いていく。軽く触れたとたん、指先が柔肉のなかに沈みこんだ。

「や、柔らかい……」

驚きのあまり思わずつぶやいてしまう。男の体ではあり得ない柔らかさだ。指を曲げると、乳房はいとも簡単に形を変えた。

「アンっ、やさしくしてくださいね。女の身体は繊細なんです」

「す、すみません」

慌てて手から力を抜き、慎重に乳房を揉みあげる。すると、より柔らかさが伝わってきた。きっとプリンを素手でつかんだら、こんな感触なのではないか。慎吾は夢中になって双つの乳房を揉みつづけた。

「先っぽも……乳首も触ってください」

貴和子が恥ずかしげに囁いてくる。ふくらみの頂点では、大きめの乳輪と乳首が揺れていた。

「じゃ、じゃあ、失礼します」

慎吾は恐るおそる両手の指先を伸ばしていく。力を入れすぎないように注意して、双つの乳首をそっと摘まみあげた。

「ああっ」

とたんに貴和子の唇から喘ぎ声が溢れ出す。はっとして手を離すと、彼女は目を細めて微笑んだ。

「大丈夫ですよ。触り方、とっても上手です。やさしく揉んだり、転がしたりしてください」

言われたとおり、指先で乳首をクニクニと刺激した。すると、急激に硬くなり、乳輪までぷっくりとふくらんだ。

「か、硬くなりました」

「感じてきた証拠です……ああっ」

人妻の喘ぎ声が慎吾の欲望を刺激する。勃起したペニスの先端から、我慢汁が次から次へと溢れていた。

「そろそろ、こっちも……」

貴和子が右手を自分の股間へと滑らせる。人差し指と中指を陰唇にあてがうと、ゆっくり左右に開いていく。恥裂がぱっくり口を開けて、膣《ちつ》内の赤々とした粘膜が露出した。

(こ、これが……)

女性器のなかまで見たことで、息苦しいほどの興奮を覚えている。思わず両目を見開き、濡れ光っている割れ目を凝視した。

「先っぽをここに挿《い》れてください」

「は、はい……」

言われるまま、ペニスの先端を膣口に押し当てる。軽く触れただけなのにヌチャッと湿った音がして、ヌメる粘膜が亀頭に吸いついてきた。

「こ……こうですか？」

「合ってますよ。そのままゆっくり押しこんでみて」

彼女の言葉に勇気をもらい、少しずつ亀頭を押しつけていく。すると、伸びきった陰唇を巻きこみながら、ペニスの先端が女壺のなかに沈みこんだ。

「ううッ……は、入った……入りましたっ」

思わず興奮気味につぶやいた。

股間を見おろせば、確かに亀頭が膣口に埋まっている。二十一歳にして、ついに童貞を卒業したのだ。熱い粘膜がペニスの先端を包みこんでいる。それだけでも気持ちよくて、腰に小刻みな震えが走った。

「最初は少しずつ……ゆっくり挿れてくださいね」

熟女がやさしく教えてくれる。そして、両手を伸ばして慎吾の腰に添えると、じわじわと引き寄せはじめた。その結果、ペニスがゆっくり膣に沈みこみ、少しずつ結合が深まっていく。

「おッ……おおッ……」

亀頭が媚肉を掻きわけながら入っていくのがわかる。男根が膣粘膜に包まれることで蕩けるような感覚がひろがった。

「き、気持ち……ううッ」

いきなり快感の波が押し寄せて、慎吾は腕立て伏せをするような格好で動きをとめた。いくらなんでも、こんなに早く終わりたくない。懸命に奥歯を食い縛り、尻の筋肉に力をこめて耐え忍んだ。

「ああンっ、全部入りましたよ」

貴和子の声で根元までつながったことを自覚する。ふたりの股間が密着して、陰毛同士が擦れ合っていた。

「ぜ、全部……お、奥さんのなかに……」

「そうですよ。ああっ、すごく大きいです。わたしのなか、高村さんのオチ×チンでいっぱいになってます」

考えただけでも興奮してしまう。熱い膣粘膜に包まれた男根が、さらにひとまわり大きくなった。

「あンっ、なかで跳ねてます」

貴和子が甘い声を漏らして、濡れた瞳で見あげてくる。そして、両手で慎吾の腰をやさしく撫でまわしてきた。

「ど……どうすれば……」

「動いていいですよ。まずは慣らすようにゆっくりと」

「こ、こう……ですか」

慎重に腰を引き、根元まで埋まっているペニスを後退させる。ほんの少し動かしただけで、凄まじい快感が沸き起こった。

「ううッ、ヌルヌルして……」

膣粘膜で擦られるのが気持ちよくて、またしても奥歯を強く食い縛る。そして、再びじわじわと押しこんだ。

「ああっ、そう、ゆっくりですよ」

貴和子の囁きを聞きながら、ペニスを根元までぴっちり挿入する。すると女壺全体がうねり、太幹を思いきり締めつけてきた。

「おおおッ、き、気持ちいい」

たった一往復しただけで、さらに快感が大きくなっている。男根が華蜜でコーティングされて、柔らかい媚肉で擦られるのだ。溶けてしまいそうな愉悦が全身にひろがり、瞬く間に射精欲がふくれあがった。

「休まないで動きつづけてください。そうしないと、女の人を絶頂に導くことはできませんよ」

「で、でも……」

動くとすぐに達してしまいそうだ。だからといって、このまま動かないわけにもいかなかった。

「くッ……ううッ」

快感に備えて下腹部に力を入れると、再びゆっくり腰を振りはじめる。ペニスを引き出しては、根元までじわじわと押しこんでいく。はじめてなので動きはぎこちないが、とにかく快感に流されないように注意しながらピストンした。

「ああっ、いいわ、上手ですよ」

貴和子が艶っぽい声で喘いでくれる。華蜜の量が増えているのか、結合部分から湿った音が聞こえてきた。

「その調子です。少しずつ速くしてください……ああっ」

「お、俺、もう……うううッ」

なにしろ、はじめてのセックスだ。気持ちよすぎて我慢できない。すでに射精欲は限界近くまでふくれあがっている。腰の動きが自然と速くなり、ペニスをグイグイと出し入れした。

「もっと速く……はああッ、激しいのも気持ちいいです」

貴和子が両手を伸ばして慎吾の体を抱き寄せる。上半身を伏せて密着する形になり、より一体感が高まった。

「ううぅッ、も、もうダメですっ、出ちゃいますっ」

「あぁッ、いいわ、いっぱい出してください」

耳もとで囁くと、貴和子は射精をうながすように腰をよじりはじめる。すると、膣のなかのペニスが四方八方から揉みくちゃにされて、どうしようもないほど射精欲が高まった。

「おおッ……おおおッ」

もうなにも考えられない。慎吾は快楽の呻きを漏らしながら、本能のままに腰を振りまくる。ペニスを深い場所まで何度も何度も打ちこんだ。

「ああッ、いいっ、あああッ」

「おおおッ、で、出ちゃいますっ、おおおおッ、出るっ、出る出るぅっ！」

あっという間に限界に達して、膣の奥で欲望を爆発させる。ペニスが激しく跳ねあがり、大量の精液が尿道を高速で駆け抜けていく。自分の手でしごくのとは比べものにならない愉悦がひろがり、全身が感電したように痙攣《けいれん》した。

「あああッ、高村さんっ、い、いいっ、わたしも、はあああああッ！」

貴和子も甘い声を振りまいて、汗ばんだ女体をガクガクと震わせる。もしかしたら、慎吾がイッたのを見て興奮し、軽い絶頂に達したのかもしれない。慎吾の背中に爪を立てて、両脚をしっかり腰に巻きつけていた。

はじめて経験するセックスでの射精は、身も心も蕩けるほどの快感だった。

慎吾は言葉を発することもできず。貴和子に覆いかぶさったまま荒い息を吐きつづけた。彼女の身体も熱く火照《ほて》っている。ふたりはしばらく無言で抱き合い、絶頂の余韻を嚙《か》みしめた。

「とてもお上手でしたよ」

しばらくして貴和子がやさしく語りかけてきた。

3

霧碕村に来て、三日目の朝を迎えた。

祭は今夜からはじまると聞いている。この日も目が覚めると、すでに孝之助と紗月は神社に出かけた後だった。祭の当日で準備があって忙しいのだろう。

貴和子が朝食の支度をしてくれた。

昨夜のことがあるので顔を合わせづらかったが、貴和子が普通に接してくれたので助かった。

朝食の後、慎吾はこの日もバイクで村から出る道を探しに出かけた。望みは薄かったが、じっとしていられなかった。

ふと昨夜のことを思い出す。

貴和子はすでに身なりを整えており、布団のすぐ脇で正座をしている。先ほどまでセックスしていたとは思えない、落ち着いた笑みを浮かべていた。

「でも、やっぱり……」

慎吾の胸は不安でいっぱいだった。童貞は卒業できたが、ただそれだけだ。女性を悦《よろこ》ばせるテクニックが身についたわけではなかった。

「高村さんのアソコ、すごく大きいので自信を持ってください。焦らずにじっくり腰を振れば、きっと女性を満足させられますよ」

貴和子はそう言ってくれるが、祭では五人の女性を相手にしなければならない。それを思うと不安で不安でたまらなかった。

できることなら祭に参加せず、この村から逃げ出したい。期待されているのがわかるから、ますます腰が引けてしまう。セックスできるうれしさより、両肩にかかる重圧のほうがはるかに大きかった。

バイクで散策するが、やはり村から出る道はどこにもない。聞いていたとおり、橋を通るしかなさそうだった。

農作業をしている村人たちが、バイクで走る慎吾のことを不思議そうに見つめてくる。高齢者ばかりで、若い人をまったくと言っていいほど見かけない。こんな状態だから、部外者である慎吾に期待してしまうのだろう。

(でも、俺は……)

昨日まで童貞だったのだ。

五人の女性を満足させるなどできるはずがない。いくら若者が少ないとはいえ、慎吾に期待する理由が今ひとつわからなかった。

無駄だと思いつつ、橋の様子を見に行くことにする。

森を抜けると橋が見えてきた。やはり作業している人はいない。祭の準備が忙しいのだろう。橋の上には大きな岩が転がったままだった。

仕方なく神社に戻り、バイクを停めてエンジンを切る。鳥居を潜って境内を歩いていくと、拝殿に向かって手を合わせている女性の姿があった。

(巫女《みこ》さんだ……)

慎吾は思わず立ち止まり、巫女の後ろ姿を見つめていた。

白い小袖《こそで》に緋袴《ひばかま》という巫女装束に身を包んでいる。神秘的なものに出会った気がして息を呑んだ。巫女がいるだけで、境内の空気が静謐《せいひつ》なものに感じられるから不思議だった。

長いこと手を合わせていた巫女が顔をあげた。そして、ゆっくり振り返った。

「あっ……」

慎吾は思わず小さな声を漏らしていた。

巫女装束に身を包んでいたのは紗月だった。黒いライダースーツの印象が強く残っているため、なおさら神聖な巫女の姿に驚かされた。

「慎吾くん……」

紗月も一瞬目を見開くが、すぐに落ち着きを取り戻して小さく頭をさげる。そして、ゆっくり歩み寄ってきた。

「お祭が上手《うま》くいくように、お参りしていました」

いきなり祭の話が出て、慎吾は内心たじろいでしまう。今、村人たちの頭にあるのは祭のことだけだろう。

「紗月さんは、巫女さんだったんですね」

考えてみれば、紗月の父親は宮司だ。彼女が巫女をしているのは、まったく不思議ではない。むしろ自然なことのように思えてきた。

「少しでも村の人たちの役に立ちたくて、巫女になりました」

紗月の表情は普段よりも穏やかに感じる。服装のせいなのか、淑やかで清楚な雰囲気すら漂っていた。

（俺は、この人に……）

手で男根をしごいてもらったのが嘘だったような気がしてくる。一昨日のことだというのに、自分の記憶が信じられなかった。

「お祭は今夜からです。夜通し行われるので、今はできるだけ休んでおいたほうがいいですよ」

夜通しと言われてドキリとした。

今夜、慎吾はセックスする。相手の女性が誰なのかまだ知らされていないが、とにかく満足させることだけが目的だ。本当にそんな役目が自分に務まるのか、胸にあるのは不安だけだった。

「慎吾くんならきっと大丈夫です。がんばってください」

紗月に言われると断れない。ここまで来たら、もう腹をくくるしかなかった。

4

山神家に戻り、少し昼寝をした。

夕方になって孝之助と紗月が帰ってきて、四人で晩ご飯を食べた。祭の直前で緊張しているのか、みんないつになく口数が少なかった。

「高村さん、風呂に入って体を清めておいてください」

孝之助が神妙な顔で語りかけてきた。

お役目に選ばれた者は、祭の前に体を清める決まりだという。そう言われたら従うしかない。貴和子に筆おろしまでしてもらったのだ。今さら拒絶することなどできるはずがなかった。

慎吾が風呂に入っている間に、孝之助と紗月は神社に移動していた。

孝之助に言われていたとおり、夜十一時になると慎吾は家を出て神社に向かった。

月明かりがあたりをぼんやり照らしていた。空を見あげると雲ひとつなく、丸い月が浮かんでいた。静まり返っており、物音がいっさい聞こえなかった。

本殿の前に立つと緊張感が高まった。

木の階段に足を置けば、ミシッという軋《きし》む音が響き渡る。一段あがるごとに、胸の鼓動が速くなった。

深呼吸をしてから本殿の引き戸を開ける。とたんに蠟燭《ろうそく》の揺らめく炎の明かりが溢れ出た。畳が敷きつめられた空間が広がっている。三十畳はありそうだ。壁に沿って等間隔に蠟燭が立てられおり、その明かりで本殿の内部が照らされていた。

一番奥には祭壇がある。その横には大きな太鼓が置いてあった。

祭壇の前に白い装束に烏帽子《えぼし》をかぶった孝之助と、巫女姿の紗月が立っていた。お役目に選ばれたと思《おぼ》しき四人の男も集まっている。全員の視線が慎吾ひとりに向けられていた。

「お、遅くなってすみません」

どうやら待たせてしまったらしい。時間に遅れたわけではないが、すごく悪いことをしている気持ちになった。慎吾は慌ててスニーカーを脱ぐと、冷たい畳の上を急いで歩き、恐縮しながら男たちの端に並んだ。

「全員そろいましたね」

孝之助が静かに口を開いた。

「それでは、豊穣祭の説明をさせていただきます。女性たちには事前に説明をして、すでにそれぞれの場所で待機してもらっています」

神職者らしい穏やかな表情をしているが、目の奥にはいつになく強い光が宿っている。この祭にかける強い気持ちが表れているようだった。

「男性はひとりで、五人の女性と交わって満足させることができれば成功です。成功者が出た年は、豊作になると言われています」

単なる言い伝えだと思うのだが、誰もが真剣な顔で宮司の話に聞き入っている。村で生まれ育った人たちにとって、この祭が成功するかどうかはよほど大切なことなのだろう。

どんな男たちが選ばれたのか気になり、そっと横に視線を向ける。四人とも二十代から三十代前半といったところだ。誰もが怖いくらい真剣な顔をしている。祭にかける気持ちが全身からほとばしっていた。

「ここに村の地図が五枚あります。それぞれ一カ所に印がついているので、そこに向かってください。そして、待っている女性と性交渉を持ってもらいます」

いよいよ本題に入ってきた。慎吾はすべてが初耳なので、ひと言も見聞き漏らすまいと前のめりになった。

(どんな女の人が待っているのか、わからないのか……)

それを考えると、なおさら気持ちが萎《な》えてしまう。まったく好みではない女性がいたとしてもセックスしなければならないのだ。そうなってしまったら、まず満足させることはできないだろう。

「女性が満たされたと感じれば、その証《あかし》であるお札《ふだ》と次の女性が待っている地図が渡されます。これをくり返して、五人を満足させるのです。みなさんはお札を五枚集めてください」

もし女性が満足しなければ、そこで終了になる。次の地図は渡されず、他の女性に会うことはないという。

(それなら、ひとり目で終わることもあるのか……)

わざと手を抜けば、そこで合法的に棄権できるわけだ。がっかりされるかもしれないが、それがもっとも丸く収まる方法かもしれない。

孝之助が説明する隣では、紗月が神妙な顔で立っている。伏し目がちで、身じろぎひとつしなかった。

「女性は本当に満足しなければ、お札を渡してはならないことになっています。嘘をつくのは神に背く行為です。虚偽の申告をすると、村は向こう十年、大飢饉に襲われると言われています」

実際に起こったことだと、文献に記されているらしい。どこまで本当なのかわからないが、村人たちはそれを信じて育ったのだろう。

「豊穣祭は深夜零時に開始されて、翌日の深夜零時に終了します。途中で仮眠を取るのは自由です。この本殿は開放しておくので、いつでも休むことができます。ただし時間配分には気をつけてください」

つまり二十四時間で五人の女性を満足させるということだ。そんなことが実際に可能なのだろうか。

（やっぱり、俺には無理だ……）

過去に何度も成功例があるらしいが、にわかには信じがたい。昨日、はじめてセックスを経験した慎吾には、途方もないことに思えた。

ひととおり説明が終わると、宮司による祈禱《きとう》が行われた。お役目に選ばれた五人は正座をして、気持ちを落ち着かせることに努めた。

祭の淫らな部分だけが気になってしまうが、祝詞《のりと》を聞いていると神妙な気持ちになってくるから不思議だった。


「では、みなさんお顔をあげてください」

孝之助が穏やかな声で語りかけてくる。顔をあげると、地図を手にした紗月が歩いてきた。

「間もなく零時になります。それぞれ地図をお受け取りください。ひとり目の女性が待っている場所に印がついています」

孝之助が説明している間に、紗月が半分に折ってある地図を配っていく。端から順に渡して、慎吾のところには最後にやってきた。

「どうぞ、お受け取りください」

「は……はい」

地図をつかむ指先が小刻みに震えた。

出会ったときから紗月に惹かれている。それなのに、他の女性とセックスするための地図を受け取るとは、なんとも皮肉な話だった。

「全員に渡ったようですね。では、零時になりましたので、これより豊穣祭を開始いたします」

孝之助は宣言するとともに、祭壇の横に置いてあった大太鼓をドーンッと一回たたいた。それが祭を開始する合図らしい。慎吾の隣で正座をしていた男たちが、いっせいに立ちあがった。

「それぞれ地図に印のついた場所に向かってください」

宮司の声が本殿の静謐な空気を震わせた。

慎吾は気乗りしないまま立ちあがった。ところが、長時間正座をしていたため足が痺れきっている。思わずよろめくと、まだ近くにいた紗月がすかさず腰に手をまわしてくれた。

「大丈夫ですか」

身体をぴったり寄せて支えてくれる。顔が急接近して、息がかかる距離から見つめられた。

「す、すみません……足が痺れてしまって……」

赤面しながらつぶやくと、紗月は微かに頬をほころばせる。そして、さらに顔を寄せてきた。

「じつは、わたしも参加するんです」

慎吾にだけ聞こえる小さな声だった。

「え……」

思わず顔を見やると、紗月は恥ずかしげに肩をすくめた。そして、人差し指を立てて、自分の唇にそっと当てる。

「内緒ですよ」

そう言われて、慎吾は何度もカクカクとうなずいた。紗月が参加することを知っているのは慎吾だけだった。

（まさか、紗月さんが……）

巫女の紗月がお役目に選ばれているとは思いもしない。まったく予想していない展開だった。

つい先ほどまで棄権することすら考えていたが、紗月が参加するのなら話は違ってくる。いつどこで会えるかはわからない。それでも、五人の女性のうちのひとりは確実に紗月なのだ。ドライブインで見かけたときから、ずっと紗月に惹かれていた。

（そ、そういうことなら……）

一転して気持ちが変わった。

紗月とセックスできる可能性があるのなら、会えるまでがんばってみようという気になった。

5

慎吾はとある一軒家の前に立っていた。

木造の平屋でこぢんまりとしている。深夜だというのに、カーテンがかかった窓から微かに光が漏れていた。

家を間違えたら大変なことになる。慎吾は受け取った地図を広げると、もう一度、月明かりの下で確認した。

（やっぱり合ってるな）

この家だと確信するが、ここからどうすればいいのかわからない。夜中の十二時すぎに呼び鈴を鳴らすのも違う気がした。

（参加者の男が来るってわかってるんだよな……）

それなら勝手にドアを開けてもいいのではないか。この豊穣祭は別名「夜這い祭」とも呼ばれていると聞いていた。

慎吾は意を決すると、ドアノブをつかんで静かにまわした。

鍵《かぎ》はかかっていなかった。男が来るのを待っていたのではないか。恐るおそるドアを開けて、暗い玄関に足を踏み入れる。廊下の奥にある部屋の襖が開いており、照明器具の光が漏れていた。

（あの部屋か……）

慎吾はスニーカーを脱ぐと、他人の家にあがりこんだ。そして、光に導かれるように廊下をゆっくり進んでいった。

なにか悪いことをしている気分になってくる。無意識のうちに足音を忍ばせて、薄暗い廊下を歩いていた。

一歩ずつ部屋が近づいてくる。いったいどんな女性が待っているのだろう。心臓がバクバクと大きな音を立てている。緊張のあまり、いつしか全身がじっとり汗ばんでいた。

開け放たれた襖から、そっと部屋のなかをのぞきこんだ。

十畳ほどの部屋の中央に布団が敷かれており、その横で浴衣《ゆかた》姿の女性が正座をしている。深々と腰を折り、額を畳に押し当てていた。

「お待ちしておりました」

落ち着いた声音だった。彼女は顔をあげることなく、そのままの姿勢で自己紹介をはじめた。

三島香織《みしまかおり》、三十二歳。結婚十年目の人妻で、夫は稲作農家を営んでいる。夫婦仲は悪くないが子宝には恵まれず、夫とふたりで暮らしているという。

ひととおり説明すると、香織はゆっくり顔をあげた。

煌々《こうこう》と灯《とも》っている蛍光灯の明かりが、やさしげな顔を照らし出す。目尻がさがりぎみのため、気が弱そうな印象だ。髪は少し茶色がかっており、浴衣の肩にふんわりと垂れかかっていた。

香織が緊張の面持ちながら、まっすぐ慎吾の目を見つめてくる。お役目に選ばれて、すでに覚悟は決まっている様子だった。

「お、俺は――」

慎吾もなにか言わなければと思って口を開いた。

名前と年齢、それに東京からツーリングで訪れたことを簡単に説明する。緊張のあまり早口になってしまうが、彼女は何度も相づちを打ちながら、最後まで真剣な表情で聞いてくれた。

「高村くん、お座りになって」

香織がゆったりした口調で語りかけてくる。心なしか先ほどよりも表情が柔らかくなっていた。

「は、はい、失礼します」

緊張のあまり、ぎくしゃくした動きになってしまう。硬い表情で正座をすると、香織は目を見てふっと笑った。

「楽にしてね。夫なら友人の家に行ってるから大丈夫よ」

そう言われてはっとする。既婚者ということは当然ながら夫がいるのだが、そこまで考えていなかった。

（もし、鉢合わせしていたら……）

考えただけでもぞっとする。

勝手に家にあがってしまったが、最初に夫と会う可能性もあったのではないか。夫にしてみれば、自分の妻が他人に抱かれるのだ。いくら伝統的な祭とはいえ、おもしろいわけがなかった。

「お、俺、なんにも考えてなかったです」

「心配いらないわ。お祭のことは、みんな承知してるから」

香織はさらりと言うが、夫は気が気でないだろう。

「でも、旦那さんは……」

「夫も村の生まれだもの。祭のことはわかってるわ。それに……最近あんまりしてくれないし……」

言いにくそうにつぶやき、ふっと睫毛《まつげ》を伏せた。

もしかしたら、セックスレスなのだろうか。結婚十年目と言っていたので、そういうこともあるのかもしれなかった。

「だから……」

見つめてくる香織の瞳が艶っぽく潤んでいる。彼女はいやいや祭に参加しているのではない。むしろ、お役目を喜んで受け入れているようだった。

「ねえ、さっそくだけど」

香織がすっと手を伸ばしてくる。ブルゾンを脱がすと、ダンガリーシャツのボタンをはずされた。あっという間に上半身を裸に剝かれて、さらにジーパンに手をかけてきた。

「ちょ、ちょっと……」

いきなりで圧倒されてしまう。思わずあとずさりすると、偶然にも自分から布団の上にあがっていた。

「もしかして、あんまり経験がないの？」

香織はベルトを緩めると、ジーパンのボタンをはずしてチャックもさげる。そして、ジーパンを引きおろして足から抜き取った。

「ま、待ってください……」

慎吾が身に着けているのは、ボクサーブリーフだけになる。羞恥がこみあげてくるが、香織に肩を押されて仰向けに倒れこんだ。

「わっ……ま、まだ心の準備が……」

「女の子みたいなこと言って、高村くん、まさか童貞なの？」

「ち、違います」

ついむきになって否定してしまう。セックスの経験はまだ一度だけだが、嘘はついていない。人妻から見たら大した差ではないかもしれないが。

「ごめんなさい。高村くんの反応がかわいいから、勘違いしちゃったわ」

香織は素直に謝罪すると、楽しげに目を細めて浴衣の帯を指先で摘まんだ。そして、慎吾の目を見ながら左右に引いて、躊躇《ちゅうちょ》せずに帯をほどいてしまう。とたんに浴衣の前がはらりと開き、白くて柔らかそうな肌が露出した。

（おおっ……）

慎吾は目の前の光景に圧倒されて、仰向けのまま動けなかった。

香織はブラジャーもパンティもつけていない。自らの手で浴衣を脱ぎ去り、惜しむことなく裸体を曝《さら》け出した。

下膨れした大きな乳は自らの重みでゆっさり揺れている。先端の載っている濃い紅色の乳首は、まだ触れてもいないのに隆起していた。腰はしっかりくびれて、尻は脂《あぶら》が乗ってむっちりしている。恥丘を彩《いろど》っている陰毛は黒々としており、長方形に手入れされていた。

「今度は高村くんの番よ」

香織は布団の上で這いつくばり、慎吾のボクサーブリーフに指をかける。そして、じりじりと引きおろしはじめた。

「み、三島さん……」

困惑して声をかけると、彼女は小さく首を振った。

「名前で呼んで……香織って」

「か、香織さん……俺、まだ……香織さんのこと、よく知らないので……」

慎吾は困惑しながらも懸命に話しかけた。

もう少し互いのことを知ってからだと思っていたので、いきなりの展開にとまどってしまう。しかし、彼女は気にする様子もなく、ボクサーブリーフをずらしていく。すでに陰毛が露出しており、羞恥がこみあげて体が熱くなった。

「もう名前は知ってるでしょう。それだけで充分よ」

「で、でも……」

「相手のことなんて知らなくても、セックスはできるわ」

ついにボクサーブリーフがおろされて、つま先から抜き取られてしまう。人妻の裸体を見たことで、すでにペニスはそそり勃っている。硬くなった肉柱に視線を向けられて、慎吾は顔が赤くなるのを自覚した。

「す、すみません」

とっさに謝罪すると、両手で股間を覆い隠す。ところが、彼女に手首をつかまれて引き剝がされた。

「恥ずかしがらなくても大丈夫、わたしにまかせて」

香織は這いつくばったまま、慎吾の脚の間に入ってくる。なにをするのかと思えば、正座をして、お辞儀をするように前かがみになった。

「えっ、ちょっと——うううッ」

慎吾の声は途中で快楽の呻き声に変わっていた。

香織は両手をペニスに添えるなり、先端をぱっくり咥《くわ》えこんだのだ。唇がカリ首に密着して、熱い吐息が亀頭を包みこんでいる。柔らかい唇でそっと締めつけられただけで、甘い痺れが下半身にひろがった。

（ま、まさか、口で……）

自分の股間を見おろせば、人妻がペニスを頰張っている。信じられないことに亀頭が彼女の口のなかに入っているのだ。

これがはじめてのフェラチオだった。

いつか経験したいと思っていたことが現実になっている。自分が女性を満足させなければいけないと考えていたので、口で愛撫されることなど期待していなかった。意外な展開にとまどうが、香織は構うことなく首を振りはじめた。

「あふっ……ンンっ」

まずは唇をゆっくり滑らせて太幹を呑みこんでいく。表面をやさしく撫でられると、たまらず両脚がつま先までピンッと突っ張った。やがて根元まで彼女の口内に収まると、再び唇が滑って後退をはじめた。

「ううッ、す、すごい……」

とてもではないが黙っていられない。気持ちよすぎて、腰が無意識のうちにくねくねと揺れていた。

「はンっ……あふっ……はむンっ」

首の振り方が少しずつ速くなっていく。ますます硬くなったペニスの表面を、しっとりと湿った唇で何度も撫であげる。口のなかでは舌も使い、ねちっこく舐《な》めまわしてきた。

「こ、こんなこと……ううッ」

気持ちよすぎてまもとな言葉を発することができない。慎吾は両脚を大きく開いた状態で、人妻にペニスをしゃぶられて快楽の呻きを漏らしていた。

彼女の唾液が全体にひろがることで、唇から現れる肉胴はヌラヌラと妖しげな光を放ちはじめる。まるでローションをまぶされたように滑るのも気持ちいい。唇がすべるたびに快感が大きくなり、やがて腰の震えがとまらなくなった。

「も、もう……そ、それくらいで……」

これ以上されたら、彼女を満足させるどころか暴発してしまう。そんなことになったら、ここで敗退となり紗月にたどり着けない。紗月に会うまでは敗退したくなかった。

「か、香織さんっ、もうやばいですっ」

もう我慢汁がとまらない。懸命に訴えると、香織はようやくペニスを吐き出してくれた。

「もう少し舐めたかったのに……」

名残惜しそうにペニスを見つめているが、唇には笑みが浮かんでいる。香織は当然のように慎吾の股間にまたがると、右手でペニスをつかんできた。

「もしかして……」

展開が早すぎてついていけない。首を持ちあげて見おろすと、膝立ちになった彼女の股間がチラリと見えた。

(あれが、香織さんの……)

陰毛のすぐ下、太腿の間に紅色の陰唇がのぞいている。ペニスをしゃぶったことで興奮したのか、愛蜜で濡れ光っているのがはっきりわかった。

「久しぶりなの……こんなに大きいの入るかしら」

香織は独りごとのようにつぶやき、亀頭の先端を陰唇に擦りつける。軽く触れただけで、華蜜と我慢汁がヌチャッと卑猥な音を響かせた。

もう慎吾はなにも言うことができない。ただ自分の股間を見つめて、亀頭と陰唇がキスする様子を見つめていた。

「あンっ……」

香織が徐々に膝を折り、腰をゆっくり落としはじめる。二枚の女陰が内側に押し開かれて、ペニスの切っ先が沈みこんでいく。そのとき、膣のなかにたまっていた透明な汁が溢れ出した。

（こんなに濡らして……香織さんも興奮してるんだ）

そう思うと、慎吾もますます高揚する。欲情している人妻が、今まさに騎乗位でつながろうとしているのだ。すでに亀頭の先端が熱い粘膜に包まれており、溢れた華蜜が肉柱の表面を流れていた。

「高村くんの、すごく大きい……はああっ」

香織はせつなげに眉を歪めながら、さらに腰を落としこんでくる。亀頭は見えなくなり、濡れた太幹がどんどん呑みこまれていく。まるで人妻の女陰にペニスが食べられているようで、だんだんおかしな気分になってきた。

「か、香織さんのなかに……くううッ」

ついにペニスが根元まで女壺に収まった。

香織は腰を完全に落として、慎吾の股間に座っている。腹に両手をつき、内腿で腰を挟みこんでいた。

「ああっ、やっぱり大きい……高村くんのすごいわ」

感極まったような声でつぶやき、香織は自分の下腹部に手を当てる。ペニスを感じているのか、臍《へそ》の下あたりをうっとりと撫でまわした。

(俺のチ×ポが入ってるんだ)

彼女の様子を見て、つながったことを実感する。これが人生で二度目のセックスだ。まだ正常位しか経験がないので、ペニスに受ける快感はもちろん、目に映る光景も新鮮だった。

「こ、この格好……」

下から見あげていると、女体の滑らかな曲線が強調される。下膨れした乳房やくびれた腰、むっちり張り出した尻から太腿にかけてのラインも悩ましい。見ているだけでも昂り、もう熟れた女体の虜《とりこ》になっていた。

「この体位、はじめてなの？」

香織が濡れた瞳で見おろしてくる。慎吾が慣れていないことを見抜いているのだろう。両手を胸板に置いてくると、指先で乳首をいじりまわしてきた。

「うッ、そ、そんなことまで……」

「気持ちいいでしょう。わたしが動いてあげるわね」

そう言うなり、ゆったり腰を振りはじめる。ペニスを根元まで挿入した状態で、陰毛を擦りつけるような前後の動きだ。膣道のなかで太幹が擦りあげられて、すぐに快感の波が押し寄せてきた。

「ううッ、す、すごいっ」

慎吾はたまらず呻き、両手でシーツを強く握った。

女壺がペニスをすっぽり包みこんでいる。亀頭から茎胴の根元はもちろん、張り出したカリの裏側にまで、微細な膣襞《ひだ》が這いまわっていた。彼女が腰を振るたび襞が蠢《うごめ》き、ペニス全体を絞りあげてくる。

「おううッ……」

これまで体験したことのない快感だ。射精欲がふくれあがり、慎吾は耐えるだけで精いっぱいになる。それをわかっているのかいないのか、香織は一定のリズムで腰を振りつづけた。

「あンっ、逞《たくま》しくて素敵よ……ああンっ」

人妻が股間にまたがって、慎吾のペニスを堪能している。くびれた腰を滑らかにくねらせる姿も、視覚的に牡の欲望が刺激された。

「もっと動いてもいい？」

「えっ、そ、それは……」

慎吾が慌ててつぶやいたとき、すでに香織は両膝を立てて、和式便所でしゃがむような格好になっていた。

「あっ……あっ……」

前後動から膝を屈伸させる上下動に変化する。ペニスの抜き差しが大きくなり、とたんに快感も倍増した。

「ううッ、ま、待って、ううッ」

彼女の動きはゆっくりだが、それでも膣道で擦られる感覚は強烈だ。硬直した男根が濡れ穴に出たり入ったりをくり返すことで、なんとか抑えていた射精欲が一気に限界近くまでふくれあがった。

「か、香織さんっ、ちょ、ちょっと……」

「ああっ、いいっ、ああンっ」

「も、もう……もう、それ以上は……」

このままでは暴発してしまう。

「ま、待ってくださいっ、こ、今度は俺が……」

額に玉の汗を浮かべながら懸命に訴える。すると、香織はようやく腰の動きをとめて、ねっとり潤んだ瞳で見おろしてきた。

「ごめんなさい、つい夢中になっちゃって……」

恥ずかしげにつぶやくと腰を浮かせて結合を解く。そして、慎吾の隣で這いつくばり、尻を高々と掲げた。

「後ろから、思いきり突いてほしいの」

艶っぽい瞳を向けられてドキリとする。バックは未経験だが、香織がそれを求めるのならやるしかない。なにしろ、女性を満足させなければ次へは進めないのだ。一か八か挑戦するしかなかった。

(ようし……)

慎吾は体を起こすと、彼女の背後にまわりこんだ。

恐るおそる人妻の尻たぶに手をあてがって、臀裂をそっと割り開いてみる。すると、くすんだ色の肛門と濡れそぼった女陰が剝き出しになった。

(こんなに濡らして……香織さんも感じてたんだ)

思わず前のめりになって凝視した。

二枚の陰唇は充血して紅色が濃くなり、大量の果汁を溢れさせている。早く挿れてほしいのか、誘うように腰を左右にくねらせるのも卑猥だった。

「ねえ、高村くん、早く……」

香織が振り返ると、甘えたような声をかけてくる。もう我慢できないといった感じで、さらに尻を高く持ちあげた。

「じゃ、じゃあ……」

上手くできるかどうかわからない。とにかく、愛蜜にまみれたペニスの切っ先を女陰に押し当てた。

「ああッ、き、来て、そのまま……」

誘導するように囁いてくれる。慎吾の経験が浅いことに気づいているのだろう。香織はペニスを挿入しやすいように、尻をそっと突き出してくれた。

「うッ……」

亀頭の先端が膣口にヌプリッとはまる。慎吾は両手でくびれた腰をつかむと、腰をゆっくり前に押し出した。

「そ、そうよ……あああッ」

ペニスが女壺に埋まり、香織の唇から喘ぎ声がほとばしる。さらに男根を押しこめば、滑らかな背中がググッと弓なりに反り返った。

「はああッ、い、いいっ」

「おおッ、は、入った……入ったぞっ」

慎吾も思わず歓喜の声をあげていた。

はじめてのバックで挿入に成功したのだ。根元まで押しこむと、膣道が激しくうねるのが伝わってきた。

当たる角度が違うせいか、正常位とは微妙に感じが異なっている。だが、男根が絞りあげられるのは変わらない。強烈な快感の波が押し寄せて、射精欲が爆発的にふくれあがった。

「こ、これは……うむッ」

思わず射精しそうになり、慌てて尻の筋肉に力をこめる。奥歯が砕けそうなほど強く嚙み、紗月の顔を思い浮かべた。やはり彼女までたどり着きたかった。理性の力を総動員して、懸命に自分を奮い立たせた。

（あ、危なかった……）

なんとか耐え抜き、射精欲を抑えこむことに成功する。額にはびっしり玉の汗が浮かんでいた。

だが、いつまでも休んでいるわけにはいかない。とにかく、目の前の人妻を満足させなければ先に進めないのだ。慎吾は意を決すると、ペニスが抜け落ちないように注意して腰を振りはじめた。

「あっ……あっ……」

香織の唇からすぐに喘ぎ声が漏れはじめる。騎乗位の興奮を引きずっており、膣のなかは熔鉱炉のように熱くなっていた。

（き、気持ちよすぎて……ううッ）

激しく腰を振ると、あっという間に達してしまう。慎重にならざるを得ず、どうしてもスローペースの抽送《ちゅうそう》になる。いきり勃ったペニスで、女壺のなかをネチネチと搔きまわした。

「ああっ、も、もっと……もっと突いて……」

濡れた瞳で振り返り、香織が何度も訴えてくる。そして、自ら尻を前後に振りはじめた。

「いじわるしないで……ああンっ」

「うわっ、ちょ、ちょっと……」

どうやら慎吾が焦らしていると勘違いしているらしい。暴発しそうで激しく腰を振れないだけだが、それが結果として彼女の焦燥感を搔き立てていた。

「こんなに大きいので焦らされたら……ああっ」

くびれた腰をくねらせて、太幹を思いきり締めつけてくる。香織は我慢できないとばかりに、尻を思いきり押しつけてきた。

「おううッ」

ペニスが一気に根元まで埋まり、濡れ襞で締めあげられる。またしても快感の大波が押し寄せて、もう自制することができなかった。

「ううッ、か、香織さんっ」

慎吾は女体に覆いかぶさると、両手で乳房を揉みながら腰を振り立てた。柔肉に指をめりこませることで、ますます快感が大きくなった。

「おおッ……おおおッ」

「はあッ、す、すごい……ああッ、すごいわ」

香織も喘ぎ声を振りまき、女体を艶《なま》めかしく悶えさせる。膣のうねりも激しくなり、男根を思いきり締めあげてきた。

「き、気持ちいいっ、ぬうううッ」

愛蜜の量が増えて、結合部はドロドロの泥濘《ぬかるみ》になっている。そこを欲望のまま、反り返ったペニスで突きまくった。

「あああッ、い、いいっ、こんなのはじめてっ」

人妻の唇から歓喜の声がほとばしる。絶頂が近づいているのか、尻たぶが小刻みに震え出した。

「す、すごいっ、高村くんのすごいっ、あああッ、夫よりもずっといいのっ」

香織のよがり声が慎吾に勇気を与えてくれた。慎吾はこれまでより激しくピストンをくり出した。

　あとひと息のところまで追いあげているに違いないと思い、無我夢中で腰を振りまくった。

「激しい、激しいわっ、高村くんっ」

「おおおッ、も、もうっ、くおおおッ」

　限界が近づいている。やはり圧倒的に経験が足りない。これ以上は耐えられそうになかった。

「はああッ、もうダメっ、イキそうっ」

　唐突に香織が叫んだ。彼女も限界まで高まっていたらしい。頭を跳ねあげて汗ばんだ背中を反らすと、全身をガクガクと震わせた。

「あああああッ、イ、イクッ、イクイクッ、あぁあああああああッ！」

　ついに香織が絶頂を告げながら昇りつめる。女壺が収縮して、男根をこれでもかと絞りあげた。

「くおおおッ、お、俺も、おおおおッ、おおおおおおおおッ！」

　彼女が達した直後、慎吾も思いきり欲望を解放する。

　ペニスを根元までたたきこみ、精液をドクドクと注ぎこんでいく。我慢に我慢を重ねたぶん、射精の快楽は大きくなる。うねる膣襞が尿道口まで撫でまわし、くすぐったさをともなう愉悦がひろがった。

「ああっ……」

香織はシーツを握りしめて、尻たぶをぶるるっと震わせる。絶頂の余韻を嚙みしめているのか、ペニスをいつまでも締めつけていた。

ふたりは無言で布団に横たわっていた。

結合を解いて倒れこみ、ひと言もしゃべらなかった。乱れた息遣いだけが、部屋のなかに響いていた。

「すごかった……」

沈黙を破ったのは香織だった。

慎吾は天井をぼんやり見つめながら、彼女の声を聞いていた。まだペニスが射精の快楽で痺れている。人妻の媚肉に包まれて達するのは、背徳感をともなう最高の愉悦だった。

「これ、持っていって」

香織が枕の下からなにかを取り出した。

(もしかして……)

それは半分に折った紙と木のお札だった。

指先が震えて上手くつかめない。夢中になって腰を振っていただけで、彼女を満足させることができたのか自信がなかった。

地図を広げてみると、村のはずれに印がつけられていた。木のお札は年季が入っており、筆書きの仰々しい文字で「一」と書いてあった。

「い、いいんですか？」

「もちろんよ。とってもよかったわ」

香織が満たされた笑みを浮かべる。そして、やさしく口づけしてくれた。

「がんばってね」

「はい、ありがとうございます」

なんとか満足させることができてほっとする。

だが、まだ祭ははじまったばかりだ。何人目で紗月に出会えるかはわからない。むずかしいと思うが、なんとかそこまで進みたかった。

第三章　湖上でよがる人妻

1

時刻は深夜三時すぎ、村は怖いくらいに静まり帰っていた。

だが、どこかでお役目に選ばれた男と女が交わっているはずだ。その気配はまったく伝わってこないが、淫らな祭は確実に進行していた。

(ここって、もしかして……)

慎吾は思わず立ち止まった。

地図の印を目指して月明かりに照らされた道を歩いていくと、見覚えのある場所にたどり着いた。

目の前には鬱蒼とした森があり、そこに入っていく小道がある。地図に印がついている場所はこの奥だ。何度も地図を確認するが間違いない。てっきりどこかの家に行くものとばかり思っていたが、そうとは限らないようだ。

深夜の森はまっ暗で恐ろしい。勇気を振り絞り、小道に足を踏み入れた。木々の枝が頭上に張りだしているため、月光が遮られている。前方に見える月明かりを頼りに歩きつづけた。

小道を抜けると、暗闇にいたせいで月明かりがやけに眩《まぶ》しく感じた。

川のせせらぎが聞こえてくる。音がするほうに視線を向けると、微かに白い湯気があがっていた。

緊張しながら静かに歩いていく。川の近くに大きな岩で組まれた露天風呂があり、そこにひとりの女性が浸かっていた。

(紗月さん……なのか?)

さらに緊張感が高まった。

こちらに背中を向けているので顔はわからない。髪を結いあげており、白い肩が見えていた。

岩風呂のすぐ近くまで歩み寄る。石を踏む慎吾の足音が響いて、女性がゆっくり振り返った。

(あっ……)

期待が一瞬にして落胆に変わってしまう。

温泉に浸かっていたのは紗月ではなく、見知らぬ女性だった。青白い月明かりのせいでわかりづらかったが、髪も黒ではなくダークブラウンだ。年齢は近いと思うが、どこか儚《はかな》げな雰囲気が漂っていた。

「こんばんは……」

か細い声だった。川のせせらぎに掻き消されそうで、慎吾はさらに歩み寄って耳を澄ました。

「お待ちしておりました。とりあえず、お湯に浸かってください」

温泉に浸かるように勧められて、慎吾はぎこちなくうなずいた。

周囲を見まわすと、近くの岩の上に彼女の服が置いてあり、しっかりバスタオルが用意してあった。

やはり脱衣所はないらしい。恥ずかしがっているのもおかしいので、慎吾も服を脱いで裸になった。

「し、失礼します」

桶がないので、手でさっとかけ湯をしてから浴槽に足を入れる。最初から近づくのはどうかと思い、遠慮して距離を取った。

(これから、この人と……)

視界の隅に裸の女性が映っていた。これからこの女性とセックスをするのだ。

熱めの湯が心地いいが、今は温泉を楽しむ気分ではない。彼女のことが気になって仕方なかった。

（なにか話しかけたほうがいいのかな？）

逡巡しながらチラリと視線を向ける。すると、湯のなかで揺れる白い女体が、ぼんやりと見えた。

体育座りのような格好で座り、恥ずかしげに顔をうつむかせている。横顔が微かに染まっているのは、温泉に浸かってのぼせたのか、それともこれからのことを想像して羞恥に駆られているのか。

いずれにせよ、彼女も慎吾を意識しているのは間違いない。その証拠に不自然なほど、こちらを見ようとしなかった。

（やっぱり、俺から話しかけたほうが……）

まずは彼女が本当にお役目の女性か確認するべきだろう。深夜とはいえ、たまたま温泉に入っていただけという可能性も否定できなかった。

「あの――」

そのとき、彼女のほうから語りかけてきた。

「あなたが、お役目の男性ですね」

消え入りそうな声だった。

あまり人と話すのが得意ではなさそうだ。本来はおとなしい性格だが、なんとかコミュニケーションを取ろうとしているのではないか。積極的に話そうとするのは、祭を成功させたいという気持ちの表れかもしれなかった。

「じゃあ、やっぱり、あなたが……」

「はい、お役目に選ばれた原島瑞希《はらしまみずき》です。よろしくお願いします」

丁寧に頭をさげると、彼女は再び語りはじめた。

瑞希は二十五歳だという。慎吾と四つしか違わないが、ずいぶん落ち着いた雰囲気だった。

「俺は二十一です。東京から来ました」

「慎吾さん、ですよね」

瑞希は小さくうなずくと、消え入りそうな声でつぶやいた。

「どうして、俺の名前を？」

いきなり名前を呼ばれてドキリとする。思わず見つめ返すと、彼女は照れたように視線をそらした。

「お噂はうかがっています」

「噂……ですか？」

「はい、なにしろ狭い村ですから」

「なるほど……」

なんとなくわかる気がする。よそ者が来たという話は、すでに村中に広まっているに違いない。

「オートバイでいらっしゃって、宮司さんの家に泊まっているのですよね」

「え、ええ……」

どうやら、なにもかも知られているらしい。そういうことなら今さら自己紹介する必要もないだろう。

「わたしは夫を病気で亡くして、今は独り身なんです」

驚いたことに、二十五歳の若さで未亡人だという。どこか儚げな雰囲気が漂っているのは、そのあたりが関係しているのではないか。気の毒になるが、どんな言葉をかければいいのかわからなかった。

「細々とお米を作りながら生活しています。自分ひとりが食べていければいいので、案外気楽なものです」

そうは言っても、やはり淋しいのではないか。こうして話している今も、瞳には涙がたまっていた。

「大変ですね……」

「ヘンな話しをして、ごめんなさい。大変ではないんですよ。村の人たちが助けてくれるから」

瑞希は気を取り直したように笑うと、慎吾の目をまっすぐ見つめてくる。そして、湯船に浸かったまま、すっと近づいてきた。

「わたしがお役目に選ばれたのも、宮司さんが気を使ってくれたからなの。わたしが独り身だから……」

「そ、そうなんですか……」

話しながらも横目で女体をチラ見する。月が映りこんで見づらいが、湯のなかで揺れる乳房のまるみが気になって仕方なかった。

「と、ところで、お役目の人って宮司さんが選ぶんですか？」

「宮司さんが村の人たちの意見をまとめて判断するのよ」

「へ、へえ……」

孝之助は村長と宮司を兼務していると聞いている。よほど村人たちから信頼されているのだろう。だが、今はそんなことより、瑞希のほうに興味が向いていた。

(俺、本当にこの人と……)

再び視線を向けると、瑞希と視線が重なった。

「わたしのこと、どう思いますか？」

「ど、どうって……」

魅力的だと思うが、それを口にするのは恥ずかしい。慎吾が言いよどむと、瑞希は顔をすっとうつむかせた。

「たまに……たまにだけどね、無性に淋しくなるときがあるの」

ぽつりとつぶやき、湯のなかで自分の身体を抱きしめる。

もしかしたら、夫に先立たれて欲望を抱えこんでいるのではないか。未亡人の哀しみが全身から滲んでいる気がした。

「み……瑞希さん」

思いきって名前で呼んでみる。

このあとふたりはセックスをするのだ。それを考えると、苗字ではなく名前で呼ぶ方が自然な気がした。

「俺じゃあ、旦那さんの代わりにはならないかもしれないけど……」

「ううん、慎吾さんなら大丈夫よ」

気を使っているのだろう。瑞希はおそらく慎吾が昨日まで童貞だったことを知っている。亡き夫の代わりをするには、あまりにも経験不足だった。

「うちの人、それほど強くなかったから……」

「え？」

思わず聞き返すと、瑞希は言いにくそうに口を開いた。

「あまりなかったの……夜のほうが……」

どうやら、亡くなった夫とは夜の生活が少なかったらしい。もしかしたら、激しく抱かれた記憶がないのではないか。だから、経験の足りない慎吾でも、亡夫の代わりが務まると言っているのかもしれない。

「慎吾さん……」

瑞希が熱い瞳で見つめてくる。そして、湯のなかで太腿に手のひらを重ねると、やさしく撫でまわしてきた。

2

「み……瑞希さん」

呼びかける声が震えてしまう。太腿に軽く触れられただけで、早くもペニスがふくらみはじめていた。

「お、俺、本当に自信が――」

「大丈夫よ」

慎吾のつぶやきを遮る瑞希の声は、思いのほか力強かった。

「わたしは何人目なの？」

「ふ、ふたり目です」

「それなら、ひとり目は満足したということでしょう」

確かに瑞希の言うとおりだ。無我夢中で腰を振った結果、香織は絶頂の喘ぎ声を響かせた。

「女は本当に満足しなければ、お札を渡してはいけない決まりよ。嘘をつけば村は大飢饉に襲われる。宮司さんに聞いてるでしょ」

「は、はい……」

「村のことを思うからこそ、お役目に選ばれた女は嘘をつけないの。慎吾さんは、ひとり目の女性を心の底から満足させたのよ」

瑞希が励ましてくれる。そして、湯のなかで太幹をそっと握ってきた。

「うっ……」

「ああっ、立派なのね」

ゆっくりしごかれると、半勃《はんだ》ちだったペニスは瞬く間にふくれあがる。未亡人の指を押し返す勢いでパンパンに張りつめた。

「こんなに大きくなるなんて」

瑞希は驚いた様子でつぶやき、硬さを確かめるようにグッと握りこんだ。

「ううっ、ちょ、ちょっと……」

ただ握られているだけなのに快感がひろがっている。水風船のように膨張した亀頭も撫でられて、たまらず体がビクッと跳ねた。

「すごい……こんなに大きいの入るかしら」

独りごとのように言うと、瑞希は不安げな顔になった。

「じつはね。最後にしたのが一年前なの」

瑞希は昨年の豊穣祭もお役目に選ばれたという。そのとき以来、丸一年セックスしていないらしい。

「お願いがあるんだけど……」

やけに真剣な顔で見つめてくる。そして、言いにくそうにしながら口を開いた。

「挿《い》れる前にほぐしてほしいの」

「ほぐす……というと？」

慎吾が問いかけると、瑞希は湯船のなかでゆっくり立ちあがった。

月明かりの下、湯にまみれた白い裸体が露わになる。張りがあって丸々とした乳房に細く締まった腰、それに頂点がツンと上向きになった尻。未亡人にしておくにはもったいない極上の女体だった。

「おおっ……」

慎吾は目を見開き、思わず低い声を漏らしていた。

湯気を立ちのぼらせている裸身を隅から隅まで凝視する。湯に濡れた陰毛が、まるでワカメのように肉厚の恥丘に貼りついていた。まだ触れてもいないのに乳首は硬くなり、ぴったり閉じた内腿をもじもじさせている。そして、慎吾を見おろしてくる瞳は欲情に潤んでいた。

「ここを、ほぐして……」

瑞希は立った状態でなめらかな大きい岩に寄りかかると、両手を背後について上体をそらしていく。そして、足は湯に浸けたまま、恥ずかしげに太腿を少し開いた。

(こ、これって……そ、そういうことか)

どうやら、愛撫を欲しているらしい。

いきなり大きなペニスを挿れるのは不安だから、まずは愛撫でほぐしてほしいと言っているのだ。

(俺に、できるのか?)

考えれば考えるほど不安になってしまう。

これまではずっと受け身だった。年上の貴和子や香織がリードしてくれたので、これまで上手くセックスができたのだ。でも、瑞希がそれを望んでいるのなら、やるしかなかった。

(よ、よし……)

慎吾は気合いを入れると、湯に浸かったまま瑞希の前へと移動する。膝がわずかに開いており、白い内腿が露わになっている。しかし、奥の肝心なところは、陰になっていて見えなかった。

「い……いいんですよね？」

黙っていられずに声をかける。だが、彼女の答えを待ちきれず、ツルリとした膝に両手をかけた。

ゆっくり左右に割り開けば、柔らかそうな内腿がじわじわと左右に開いていく。瑞希は恥ずかしげに顔をそむけるが、それでも脚から力を抜いている。膝はさらに開いて、ついに濡れそぼった陰毛の下に女陰が見えてきた。

（こ、これは……）

慎吾は思わず生唾を飲みこんだ。

ミルキーピンクでぴったりと口を閉ざしている様は、いかにも貞淑《ていしゅく》な未亡人といった感じだ。秘めたる部分を見つめられて、羞恥に襲われているらしい。瑞希は頬を染めあげると、小さく首を振りたくった。

「そ、そんなに見ないでください……」

口ではそう言いながら、決して脚を閉じようとしない。しきりに恥じらっているが、一方で女陰をさらしつづけていた。

（どうすればいいんだ？）

慎吾は悩みながらも、恐るおそる指先を伸ばしていく。

女性器はいかにも繊細そうだ。指先でそっと触れてみると、女陰はクニュッと形を変えた。

「あンっ……」

とたんに瑞希の唇から小さな声が溢れ出す。感じているのだろうか。女陰の柔らかさに驚きながら、彼女の反応に気を配った。

（じゃあ、こうしたら……）

陰唇を下から上へと撫であげてみる。蕩《とろ》けるほど柔らかいので、触れるか触れないかの微妙なタッチを心がけた。

「あっ……あっ……」

またしても瑞希の唇から声が漏れる。きっと感じているに違いない。それならばと、二枚の女陰を交互に何度も撫でつづけた。

やがて、ぴったり閉じた恥裂から透明な汁が滲み出してくる。月明かりを浴びてヌラリと光り、内腿にぶるるっと震えが走った。

「ああンっ、し、慎吾さん」

瑞希がかすれた声で語りかけてくる。はっとして顔をあげると、彼女は濡れた瞳で見おろしていた。

「い、痛かったですか？」

「ううん、もっと……できれば、口で……」

瑞希は大きな岩にヒップを乗せあげると、遠慮がちにつぶやいて視線をそらす。その直後、青白い月光の下でも、顔がまっ赤に染まるのがわかった。

（く、口……今、口って言ったよな）

信じられないが間違いない。貞淑な未亡人が口での愛撫を求めているのだ。淫らな要求に昂《たかぶ》り、思わず呼吸が荒くなった。

（瑞希さんがそう言うなら……）

遠慮する必要はない。彼女の膝の間に入りこみ、顔を股間に寄せていく。すると微かに磯のような香りが漂ってきた。これが女性器の匂いかもしれない。慎吾は胸の高鳴りを覚えながら、ついに未亡人の陰唇に口を押し当てた。

「ああっ」

瑞希の喘ぎ声が明らかに大きくなった。

口が触れた瞬間、女陰が柔らかくひしゃげて、狭間からとろみのある華蜜が溢れ出す。磯のような香りも強くなり、牡の欲望が駆り立てられた。

（こ、この匂い……）

思わず深呼吸すると頭の芯が痺れてくる。気づいたときには舌を伸ばして、女陰をしゃぶりまわしていた。

「はああッ、し、慎吾さんっ」

女体がビクッと反応する。両脚も跳ねあがり、浴槽の湯がキラキラと光りながら飛び散った。

女陰は生牡蠣《がき》のように柔らかく、今にも溶けてしまいそうな感触だ。大量の愛蜜が溢れており、肛門のほうへと流れている。舌先を軽く押しつければ、膣口にヌプリッとはまりこんだ。

「はンンッ、な、なかまで……あああッ」

埋めこんだ舌をゆっくり出し入れすると、女体の反応は顕著になる。内腿に小刻みな痙攣が走り、もうじっとしていられないという感じで腰がうねりはじめた。

「ああッ……あああッ」

瑞希は両手を背後につき、夜空を見あげるように背中を大きくそらしている。脚を大きくひろげたまま、股間をググッと突き出した。華蜜が壊れた蛇口のように溢れ出す。それと同時に膣口が収縮して、舌先を猛烈に締めつけた。

「はうううッ！」

よがり泣きがほとばしり、女体が激しく痙攣する。

もしかしたら、軽い絶頂に達したのではないか。瑞希は仰《の》け反ったまま固まっていたが、しばらくして大きく息を吐き出した。

3

「瑞希さん……」

慎吾は女陰から口を離して、ゆっくり顔を見あげていく。すると、瑞希は先ほどとは打って変わった呆《ほう》けた表情になっていた。

「慎吾さん……このまま、お願い……」

口での愛撫で欲望に火がついたらしい。腰を右に左に揺らして、挿入をねだってくる。女陰は物欲しげに蠢き、透明な汁をだらしなく垂れ流していた。

（このままなんて、できるのか？）

不安はあるが、欲情しているのは慎吾も同じだ。湯のなかでペニスは限界までそそり勃ち、大量の我慢汁を放出していた。

もう逡巡することはない。慎吾は湯を滴《したた》らせながら立ちあがると、未亡人の片脚を抱えあげて股間を押しつける。そして、硬直した肉柱の切っ先を、濡れそぼった女陰に押し当てた。

「ああっ……」

瑞希の顔がせつなげに歪んだ。

立ったまま岩に寄りかかった状態で、真正面からペニスを受け入れようとしている。脚を大きく開き、おねだりするように股間を突き出していた。

「いきますよ……くうッ」

亀頭をゆっくり押しつける。先端が膣口にはまるのがわかり、クチュッという湿った音が聞こえてきた。あとは下から突きあげるようにして、太幹を少しずつ埋めこんでいった。

「や、やっぱり……はあああッ」

根元まで挿入すると、瑞希の首がガクンッと後ろに倒れた。その直後、艶めかしい喘ぎ声が、深夜の露天風呂に響き渡った。

「おおおッ、み、瑞希さんっ」

釣られるように慎吾も叫んだ。

まだ挿入しただけなのに、いきなり快感の大波が押し寄せてくる。女壺が激しく波打ち、膣口が肉胴を締めつけていた。

セックスから遠ざかっていた未亡人の反応は凄まじい。分泌される愛蜜の量も多いが、なにより膣の締まり具合が強烈だ。まるでペニスを咀嚼《そしゃく》するように蠢き、奥へ奥へと引きずりこまれた。

「ううッ、き、気持ちいいっ」

柔らかい膣襞が男根全体にからみつき、女壺が意志を持った生物のようにうねっている。甘くやさしくペニスをマッサージされて、我慢汁がとまらなくなった。

「す、すごい……うううッ」

自然と腰が動き出す。ただでさえ経験が少ないのに、立ったままの挿入などはじめてだ。どうやって動けばいいのかわからず、彼女のくびれた腰をつかむと懸命に股間を突き出した。

「あッ……あッ……」

瑞希は背後の岩に両手をつき、乳房を揺らしながら喘いでいる。ピストンはぎこちないが、久しぶりのセックスなので感じているらしい。膣は激しく波打ち、ますますペニスを締めつけてきた。

「そ、そんなに……くううッ」

慎吾は慌てて奥歯を食い縛った。

先ほど香織とセックスしていなければ、とっくに果てていたかもしれない。なんとか耐えながら、ゆっくり腰を動かしつづけた。

足もとの湯がチャプチャプと音を立てている。川のせせらぎも聞こえて、月明かりも降り注いでいた。野外でセックスしていると思うと、これまでとは異なる興奮が湧きあがった。

「ああッ、い、いいっ……すごくいいの」

がんばって腰を振っているうちに、だんだん動きがスムーズになってくる。そのせいか瑞希の喘ぎ声も大きくなり、女壺のうねりが激しさを増した。

「お、俺も……ううッ、俺も気持ちいいですっ」

慎吾も快感を訴えると、腰の動きを速めていく。下からペニスをグイグイ突きあげて、女壺を奥まで掻きまわした。

「はああッ、し、慎吾さんっ」

瑞希が両手を首に巻きつけてくる。せつなげな瞳で見つめたまま、顔をグッと寄せてきた。

「はンンっ」

「み、瑞希さん……うむッ」

いきなりキスされてとまどうが、欲望にまかせて腰を振りつづける。彼女の舌が口内に入りこみ、反射的に吸いあげた。甘い唾液を飲んだことでますます昂り、猛烈な勢いでペニスをたたきこんだ。

「はああッ、いいっ、も、もうダメっ、ああああッ」

瑞希は唇を離すと、切羽つまった声を振りまいた。

膣のうねりが大きくなり、ペニスを思いきり締めつけてくる。慎吾もふくれあがる射精欲を抑えきれず、本能のままに腰を振りまくった。

「おおッ……おおおッ」

「ああッ、ああッ、イ、イキそうっ、あああッ、イキそうよっ」

艶めかしい声をあげたとたん、瑞希の女体が痙攣をはじめる。自ら股間を押しつけてくると、ペニスをこれでもかと締めあげた。

「おおおおッ、で、出るっ、出る出るっ、くおおおおおおおッ！」

我慢できずに精液を噴きあげてしまう。愛蜜にまみれた膣襞が、猛烈にペニスをねぶりあげてくる。しゃぶりつくすような快感はすさまじく、とてもではないが耐えられなかった。

「はああぁッ、なかに出てるっ、い、いいっ、イクッ、イクイクううううッ！」

慎吾の精液が膣の奥を直撃した瞬間、瑞希も夜空に向かって嬌声《きょうせい》を響かせた。女体がガクガクと震えて倒れそうになり、慎吾は慌てて腰をしっかり抱き寄せた。露天風呂での立位で、ついに未亡人はオルガスムスへと昇りつめた。

ふたりは股間をぴったり密着させたまま、いつまでも全身を震わせつづけた。言葉を発することなく抱き合い、貪るような口づけを交わした。

（失敗した……）

慎吾はペニスを引き抜くと、岩に寄りかかって肩を落とした。

未亡人の女壺の感触は格別だった。瑞希を絶頂に導くつもりだったのに、自分のほうが先に達してしまった。

自分が快楽に流されてしまっては話にならない。これでは満足していないのではないか。紗月に会う前に終わってしまったのかもしれない。そう思うと、悔やんでも悔やみきれなかった。

瑞希は黙って露天風呂からあがり、バスタオルで身体を拭いている。満足どころか、気を悪くしたのかもしれなかった。

「慎吾さん……」

背後から呼びかける声が聞こえた。

複雑な気持ちで振り返ると、裸体にバスタオルを巻いた瑞希の姿があった。彼女は中腰になり、なにかを差し出してきた。

「これ、どうぞ」

まさかと思いながら受け取ると、それは次の場所を示した地図とお札だった。

「どうして……」

「とてもよかったですよ」

瑞希は柔らかい笑みを浮かべてつぶやいた。

心からそう思っているのだろう。この村の住人である以上、祭で偽りの言葉を語るはずがなかった。

「あ……ありがとうございます」

危ないところだったが、なんとかふたり目も満足させることに成功した。

しかし、さすがに疲労が蓄積している。極度の緊張と慣れないセックスで、身も心もくたくただった。

「慎吾さん、がんばってね」

瑞希が真剣な表情で語りかけてきた。きっと村のことを思っているのだろう。

「は、はい……」

露天風呂からあがり、瑞希が用意してくれたバスタオルで体を拭いた。

ふと空を見あげると、東の空が白んでいる。もうすぐ夜が明けるらしい。まだ先は長いので、少し休んで回復に努めたほうがいいだろう。慎吾は地図を広げることなく、仮眠を取るため神社に向かった。

神社の本殿に入ると布団が用意されていた。三時間後に目覚ましをかけて横になると、あっという間に眠りに落ちていった。

4

慎吾は湖のほとりにある一軒家の前に立っていた。

時刻は午前十時になるところだ。神社の本殿で仮眠を取ったことで、思った以上に体力が回復していた。昨夜、温泉に浸かったことも、結果としてよかったのかもしれない。目が覚めるなり、地図を見ながら次の場所にやってきた。

この湖は、村を散策しているときに来たことがある。あのときと同じようにボートはあるが、人の気配はいっさいない。湖がひろがっているだけで、あたりはシーンと静まり帰っていた。

(ここに人が住んでるのか？)

木造の平屋で、近くで見るとお世辞にもきれいとは言えない。地図で指示されていなければ、まず訪れることはない廃屋のような家だった。

玄関には表札がかかっていた。

風雨に曝されてくすんだ木の板に「横田雄三《よこたゆうぞう》」「横田友里恵《ゆりえ》」とふたりの名前が並んで書いてある。おそらく夫婦だろう。この友里恵という女性が、三人目の相手かもしれない。

（今度も紗月さんじゃないのか……）

一瞬、がっかりしてしまう。だが、落ちこんでいる暇はない。紗月ではないのなら、たどり着くまで進むしかなかった。

慎吾は深呼吸をして気持ちを落ち着けると、静かにドアをノックした。

「はい……」

一拍置いて返事があった。

おっとりした感じの女性の声だ。ためらいがちな足音が近づいてきて、ドアがそっと開けられた。

「もしかして、お役目の方？」

顔を覗かせたのは、どこか気怠《けだる》げな雰囲気を漂わせた女性だった。

年は三十前後だろうか。茶色いチェックのフレアスカートに黒いハイネックのセーターを着ている。髪はマロンブラウンのセミロングだ。

セーターの胸もとは大きくふくらみ、スカートに包まれた尻もむっちり張り出している。腰がくびれているため、なおさら乳房と尻のボリュームが強調されていた。服の上からでもわかる肉感的な女体だった。

「は、はい、俺は――」

「ちょっと待ってて」

慎吾の声を遮り、彼女はいったん引っこんだ。呆気に取られていると、すぐにパンプスを履いて表に出てきた。

「あの、俺は──」

「東京から来た高村慎吾くんでしょ。聞いてるわよ」

どうやら噂が耳に入っているらしい。それなら、取り立てて言うほどのことはなかった。

「ボートに乗らない？」

「えっ、あ、はい……」

わけがわからないまま、ついて歩いていく。そして、名前だけでも聞こうとしたとき、彼女のほうから語りはじめた。

「わたしは──」

横田友里恵、三十歳の人妻だという。

夫婦のふたり暮らしだが、冬の間、夫は出稼ぎに行っている。今月いっぱいは自動車部品を作る工場で働いているらしい。四月からは夫婦で米作りをはじめるので、友里恵はその準備に追われている最中だという。

「来週には帰ってくるのよ。夫が一所懸命働いてくれるから、わたしもがんばろうって思えるの」

「なんか、忙しいときにすみません」

祭りの役目なので謝ることではないのだが、つい慎吾はそうつぶやいてしまった。

友里恵はあまり祭に積極的ではないのかもしれない。だから、家にあげてもらえず、ボートに乗ろうなどと言い出したのではないか。そんな気がしてならなかった。

「そういうつもりじゃないのよ。お役目に選ばれるのは名誉なことだもの。でもね、夫が出稼ぎに行っている間に、家でするのはちょっとね……」

友里恵は言いにくそうにつぶやいた。

(なるほど、そういうことか)

ようやくわかった気がする。

きっと夫婦仲はいいのだろう。夫のことを想っているからこそ、たとえ祭でも他人である慎吾を家にあげようとしなかったのだ。セックスは別の場所でと決めているに違いなかった。

5

岸に押しあげてあるボートのもとにたどり着いた。ごく一般的な木製の手漕ぎボートだ。

「俺がやるので、乗ってください」

慎吾は友里恵をうながしてボートに乗せた。

「お願いしてもいいの？」

「もちろんです」

彼女が座ったのを確認してから、慎吾はボートを押して湖に浮かべると同時に飛び乗った。

「俺が漕ぎますね」

あまり得意ではないが、こういうのは男の役目だろう。オールを両手に持ち、さっそく漕ぎはじめた。

(おっ、いい感じだぞ)

風がないので、ボートは水面を滑るように進んでいく。空気は冷たいが、降り注ぐ日差しはポカポカしていた。

「気持ちいいわね」

友里恵は空を見あげて、そっと髪を掻きあげる。

こうしている間も、ボートは岸からどんどん離れている。あまり遠くまで行くと、戻るのに時間がかかってしまう。いったいどこまで行くつもりだろうか。

「この辺でいいんじゃない」

ふいに友里恵がつぶやいた。そして、慎吾の目をじっと見つめてきた。

「ボートの上は経験ないでしょ」

友里恵は這いつくばって近づいてくる。そして、慎吾のジーパンに包まれた太腿に手を重ねてきた。

「ま、まさか……ここで……」

「そうよ。刺激的だと思わない？」

太腿に置いた手を股間へと滑らせる。ぶ厚い生地の上からペニスを撫でまわされて、鈍い快感がひろがった。

「ううっ……」

反射的に身をよじると、ボートがグラリと揺れた。

「わっ！」

「急に動くと危ないわよ」

友里恵は口もとに笑みを浮かべて、慎吾のベルトを緩めてしまう。ジーパンのボタンをはずしてチャックも全開にすると、ボクサーブリーフといっしょに膝まで一気に引きさげた。

「見えちゃった。キミのアソコ」

まだ萎えているペニスに指を巻きつけて、ゆるゆるとしごいてくる。たったそれだけで甘い感覚がひろがり、血液が股間に流れこむのがわかった。

「こ、こんな場所で……」

周囲を見まわせば、澄んだ湖がひろがっている。慎吾が腰をよじるたび、ボートが揺れて水がチャプチャプと音を立てた。

「こんな場所だからいいのよ」

「えっ……それって、どういう……」

「湖の上って、別の世界みたいでしょう」

友里恵の声が艶めいている。瞳も欲情したように潤み、うっとりした表情でペニスを見つめていた。

「家から離れてしまえば、夫のことも忘れられるから……」

「じゃ、じゃあ……本当にここで？」

「ええ、そうよ。あっ、硬くなってきたわ」

彼女の手のなかで、男根がむくむくとふくらみはじめる。わけがわからないまま、快感が股間から全身へとひろがっていく。

「そ、そんな……まさか……」

「はぁっ、ずいぶん大きいのね」

友里恵はため息まじりにつぶやくと、ボートに這いつくばったまま、顔を股間に寄せてくる。そして、屹立したペニスの先端に、唇をそっと押し当ててきた。

「うっ……ゆ、友里恵さん」

「舐めてほしい？」

思わず名前を呼ぶと、友里恵は上目遣いに尋ねてくる。そして、舌を伸ばして尿道口をチロチロと舐めまわした。

「くッ……ううッ」

くすぐったさをともなう快感が湧き起こった。

亀頭はますます張りつめて、肉胴も太さを増していく。ところが、友里恵は焦らすように尿道口ばかりを舐めてくる。熱い息を吹きかけるだけで、それ以上の快感は与えてくれなかった。

「ヒクヒクしてる……ああっ、すごいわ」

今度は伸ばして舌先で、カリ首の周囲を舐められる。とたんに我慢汁がトロトロと溢れ出して、ペニスはさらに膨張した。

「くううッ」

たまらず身をよじると、またしてもボートが大きく揺れる。慌てて動きをとめれば、今度は裏筋を舌先でツツーッと舐めあげられた。

「そ、そこは……ううッ」

「ここも気持ちいいでしょ？」

友里恵は楽しげにペニスを舐めまわすが、やはり咥えようとしない。我慢汁の量ばかり増えて、牡の匂いがひろがった。

「お汁がいっぱい……ああっ、これを舐めたかったの」

うわずった声でつぶやくと、友里恵はいきなり亀頭をぱっくり咥えこんだ。我慢汁が大量に付着しているにもかかわらず、まるで飴玉《あめだま》でもしゃぶるように口内でネロネロと舌を這いまわらせてきた。

「おおッ、ま、待って……おおおッ」

たまらず呻き声が溢れてしまう。焦らされたぶんだけ快感は大きくなる。反射的に腰がくねり、またしてもボートが左右に揺れた。

「き、汚いから……ううッ」

「そんなことないわ、はあンっ、これが大好きなの」

友里恵はうっとりしながらペニスを舐めまわしている。

夫のことを語っていた姿からは想像がつかないほど、貪欲に若い男根をしゃぶっていた。

「ああっ、これ、ああンっ、これがほしかったの」

どうやら我慢汁が好きらしい。大量に分泌させるため。わざと焦らしていたのだろう。友里恵は尿道口に唇を密着させると、まるでストローを吸うように尿道のなかの我慢汁まですすりあげた。

「そ、そんなに吸われたら……ううッ」

「キミの濃くておいしいんだもの……ああっ、興奮しちゃう」

「くううッ、す、すごいっ」

もはやペニスは棍棒のように硬くなっている。亀頭は張りつめて、肉胴部分には太い血管が浮かびあがっていた。

「ああっ、もう我慢できないわ」

友里恵はペニスを吐き出すと、急いで服を脱ぎはじめる。あっという間にセーターとスカートを取り去り、さらにはブラジャーをはずして乳房を露出させた。

(ま、まさか、外なのに……)

眩《まばゆ》い陽光が降り注ぐなか、人妻の双乳が揺れている。友里恵の乳房はたっぷりしており、見るからに柔らかそうだ。実際、ボートの揺れに合わせて、静かにタプタプと波打っていた。

ぷっくり隆起した乳輪と硬くなっている乳首は紅色だ。日の光の下で見ているせいか、やけに鮮やかな色合いに感じられた。

(もう乳首が勃ってる……ああっ、友里恵さん)

慎吾はペニスを剝き出しにしたまま、三十路《みそじ》の熟れ肌を見あげていた。

まさかボートの上で、淫らな行為におよぶとは思いもしない。なにもかもが予想外で、完全に彼女のペースになっていた。

友里恵は膝立ちの姿勢で、器用にパンティを脱いでいく。現れた恥丘を黒々とした陰毛が覆っている。形は整えられておらず、自然な感じで生えていた。そのとき湖を緩やかな風が吹き抜けて、縮れ毛がさらりとそよいだ。

片膝ずつ持ちあげてパンティを抜き取るときは、股間の奥で息づいている陰唇がチラリと見えた。二枚の女陰は紅色で、すでにたっぷりの華蜜で潤っている。とにかく、人妻がボートの上で一糸纏《まと》わぬ姿になったのだ。

「ここで横になってみて。揺れるからゆっくりね」

友里恵はそう言って舳先《へさき》に移動する。慎吾のためにスペースを空けると、妖しげな微笑を浮かべて手招きした。

「あ、危なくないですか？」

転落しないか不安だが、胸のうちでは期待もふくれあがっている。

慎吾は座った状態から慎重に尻をずらして、ボートの底に横たわった。ペニスは青空に向かって雄々しく屹立しており、人妻の唾液と我慢汁がヌラヌラと妖しげな光を放っていた。

「キミはじっとしていてね。わたしが動くから」

友里恵は舳先から戻ってくると、慎吾の股間にまたがった。両脚の裏をボートの底につき、右手でペニスをつかんでくる。そして、相撲の四股《しこ》を踏むような格好で、ゆっくり腰を落としてきた。

「ほ、本当に、ボートで……うッ」

亀頭の先端が陰唇に触れて、ニチュッという湿った音が響き渡った。

「あンっ、すごく熱くなってるわ」

女体に小さな震えが走り抜ける。友里恵はさらに腰を落として、自ら亀頭を招き入れた。

「ああぁっ、お、大きい」

人妻の艶めかしい声が湖に響き渡った。

(ううッ、ゆ、友里恵さんのなか、すごくヌルヌルしてる)

ペニスの先端が女壷にはまり、瞬く間に膣粘膜で包みこまれる。しっとりとした感触が心地よくて、思わず呻き声が溢れ出した。

友里恵は亀頭を呑みこんだところで動きをとめると、膣と亀頭をなじませるように腰をゆったりまわしはじめる。すると、膣口がカリ首を猛烈に締めつけて、新たな快感が沸き起こった。

「くううッ、そ、それ、ダ、ダメです」

慌てて彼女の腰をつかんで動きを制した。いきなり射精欲がふくらみ、危うく暴発するところだった。なんとか耐え忍んで快感の波をやり過ごすが、全身の毛穴から汗がどっと噴き出していた。

「じゃあ、奥まで挿れるわね」

友里恵は余裕の笑みを浮かべると、じわじわ腰を下降させる。ペニスが女壺のなかに呑みこまれて、ついには根元まで収まった。

「ああっ、深いところまで来てる」

「うッ……ううッ」

今度は最初から全身に力をこめて快感に備えていたため、なんとか耐えることができた。しかし、ペニスを絞りあげられると、たまらず腰が動いてしまう。無意識のうちに股間をグイッと突きあげた。

「ひンンッ、ダ、ダメぇっ」

友里恵の唇から裏返った嬌声がほとばしる。亀頭が深い場所まで突き刺さり、女体が大きく仰け反った。その反動でボートがグラリッと揺れて、水の跳ねる音が聞こえてきた。

「危ないから……ああンっ、動かないで」

両手を慎吾の腹に置くと、友里恵は甘くにらみつけてくる。しかし、もう我慢できないとばかりに、腰をねちっこくまわしはじめた。

「くうッ、ま、またそれ……うむッ」

まるで膣壁をペニス全体に擦りつけるような動きだ。悦楽の波が次々に押し寄せて、慎吾はまたしても全身の筋肉を力ませた。

「ああっ、いいわ」

友里恵はうっとりした表情で腰をまわしつづけている。決して慌てることなく、まるで男根を味わうような動きだった。

「ゆ、友里恵さん……俺が動いてもいいですか？」

「ダメよ。落ちたら危ないでしょ」

ボートが揺れるため激しく動けない。必然的にスローな腰振りになり、焦れるような快感がひろがった。同時にボートの上でのセックスというシチュエーションに、これまでにない刺激を感じていた。

「くううッ、た、たまんないです」

「はあンっ、やっぱり大きい……うちの人と全然違うわ」

感じているのは友里恵も同じらしい。思わずといった感じでつぶやき、頬をまっ赤に染めあげた。

「お、お役目だから……勘違いしないでね」

慌てた様子でつけ足すが、腰は動きつづけている。せつなげな顔で見おろして、円運動が少しずつ大きくなっていた。

本当は夫以外の男とセックスしたかったのではないか。真相はわからないが、彼女も感じているのは間違いない。その証拠に愛蜜の量が増えており、結合部分からクチュクチュと湿った音が響いていた。

「こ、こんなにされたら……お、俺も……」

射精欲が限界近くまでふくれあがっている。我慢できずに両手を伸ばすと、目の前で揺れている乳房を揉みあげた。

(おおっ、や、柔らかいっ)

熟れたメロンの果肉をつかんだように、指先がいとも簡単に沈みこんでいく。ズブズブと埋まる感触に昂り、夢中になって双乳をこねまわした。

「あンっ、おっぱいが好きなの？」

友里恵はうれしそうにつぶやき、腰の動きを円運動から上下動に変化させる。とはいっても、ボートの上なので動きはソフトだ。膝を屈伸させて、緩やかに尻を上下に振っていた。

「ううッ……ううッ……き、気持ちいい」

肉竿《にくざお》をしごかれる感触がひろがり、たまらず腰が動いてしまう。股間を突きあげると、亀頭が膣の奥にはまりこんだ。

「はあぁッ、ダ、ダメっ、動いちゃ……あぁあッ」

慌てた様子で友里恵がつぶやくが、喘ぎまじりの声がますます牡の欲望を掻き立てる。もう我慢することができず、慎吾はグイグイと股間を突きあげた。

「き、気持ちよすぎて……くおおッ」

「あッ……あッ……揺れる、危ないから」

友里恵は困惑した様子でつぶやくが、膣は猛烈に締まっている。男根を思いきり食いしめて、なおかつ大量の華蜜を溢れさせていた。

「あああッ、お、奥っ、奥に当たるの」

「ううッ、友里恵さんっ、うううッ」

ボートが大きく揺れている。さすがに全力で腰を振ることはできないが、グイッ、グイッと力強く膣奥を押しあげた。

「ああッ、い、いいっ、あああッ、いいのぉっ」

友里恵も快楽に溺れて喘ぐだけになる。上半身を伏せると、女体をぴったり重ねてきた。乳房が胸板に押しつけられて一体感が大きくなる。体を密着させることで、快感曲線が一気に跳ねあがった。

「おおおッ、き、気持ちいいっ」

人妻の女壺は熱くうねり、大量の蜜を吐き出していた。媚肉は溶けそうなほど柔らかいのに、収縮するとペニスを猛烈に吸いあげてくる。自然と奥にはまりこみ、亀頭が膣の最深部を圧迫した。

「あああッ、も、もうダメっ、イ、イキそうよっ」

「お、俺もですっ、おおおッ、ぬおおおッ」

友里恵の喘ぎ声と慎吾の呻き声が重なった。ふたりは息を合わせて腰を振り、ついには轟音とともに押し寄せる快楽の大波に呑みこまれた。

「はああッ、い、いいっ、イクッ、イクイクッ、あああッ、イックううううッ！」

「くおおおッ、で、出るっ、おおおおッ、ぬおおおおおおおッ！」

女体が硬直して、精液が勢いよく噴きあがる。女壺の奥深くに埋まった男根が、膣壁をえぐりながら跳ねまわった。

凄まじい愉悦の嵐が吹き荒れる。膣道が激しく蠕動《ぜんどう》して、ペニスを奥へ奥へと引きこんでいく。鋼鉄のように硬くなった肉胴の表面を、柔らかい膣襞がヌメヌメとねぶりまわしてきた。

「ううウッ、す、すごいっ、くううううッ」

「キミのまだなかで動いてる……はああッ」

慎吾はしつこく股間を突きあげて、男根をさらに深い場所までえぐりこませる。友里恵は腰をよじり、太幹を思いきり締めあげた。

魂《たましい》まで震えるほどの快楽だった。

昇りつめるふたりの声が、静まり返った湖の空気を震わせる。ボートも大きく揺れて、湖面に淫らな波紋がひろがった。ふたりはきつく抱き合い、いつまでも絶頂の余韻を嚙みしめていた。


「ありがとう」

ボートが岸に到着すると、友里恵が穏やかに笑いかけてきた。

「すぐに持ってくるから待っててね」

「持ってくるって……」

慎吾は期待がふくれあがるのを抑えられなかった。

「地図とお札よ」

それ以上、友里恵はなにも言ってくれない。だが、慎吾とのセックスで満足したのだろう。すっきりした表情になっていた。

第四章　発情の村

1

友里恵は地図とお札《ふだ》だけではなく、おにぎりとお茶も持たせてくれた。

考えてみれば、昨夜からなにも食べていなかった。興奮状態がつづいているせいか、空腹を感じていなかった。

湖のほとりでおにぎりを食べると、友里恵に見送られて出発した。

時刻は昼の二時をまわったところだ。この祭のタイムリミットは今夜零時までだ。

地図を見ながら村のはずれにある森のなかを進んでいく。雑草が生い茂る細い道で緩やかな登りになっている。

(本当に合ってるのか？)

紗月に会えることを願っていたが、こんな山奥にいるとは思えない。今度はいったい誰が待っているのだろうか。

山道に入り、かれこれ十分ほどが経っている。足もとが悪いので慎重に歩いていると、ふと目の前が開けて山小屋が現れた。

(あれか……)

念のため地図を広げて確認する。しかし、山のなかというだけで、他に目標とする目印がない。周囲を見まわすが、鬱蒼とした森がひろがっているだけだ。どう考えても、他にそれらしい場所はなかった。

(よし、行ってみるか)

ドアも窓もない東屋《あずまや》のような山小屋だ。近づいてみると、壁ぎわに作られたベンチにひとりの女性が腰かけていた。

やはり紗月ではなかった。

おそらく慎吾の足音が聞こえたのだろう。その女性は怯えたように肩をすくめて、こちらをじっと見つめていた。

自分より年下に思えた。黒髪をポニーテールにしているせいか、かなり若い印象だ。愛らしい顔立ちをしており、そこかしこに少女の面影が残っている。トレーナーとタイトなジーパンというラフな服装も、彼女を若く見せている要因かもしれなかった。

「あの……」

山小屋の入口から恐るおそる声をかけてみる。すると、彼女は無言のまま小さくうなずいた。

「お役目に選ばれた高村ですけど……」

「お……お待ちしていました」

消え入りそうな声だった。

慎吾はあらためて頭をさげると、山小屋のなかに足を踏み入れた。雨が降ったときに避難する場所なのだろう。ただ屋根があるだけの、みすぼらしい山小屋だった。彼女はいつからここにいるのか、床に大きな寝袋が広げられていた。

「俺は――」

彼女が黙りこんでいるので、慎吾は自分から自己紹介する。そして、反応を待っていると、ようやく彼女は口を開いた。

「相川《あいかわ》……珠美《たまみ》です」

かなり緊張しているらしい。まだ名前を告げただけなのに、瞳に涙をいっぱい湛えていた。

急《せ》かさずに待っていると、珠美はぽつりぽつりと言葉を紡《つむ》いだ。

十九歳の独身で実家暮らしをしている。高校を出てからは、家業である稲作を手伝っているらしい。しかし、収穫量が少ないため、閑散期には出稼ぎに行くことも考え

ている という。

「よろしく……お願いします」

珠美の声はとにかく小さい。あまり目を合わせてくれないので、人見知りする性格かもしれなかった。

年下ははじめてだ。彼女と上手くできるのか不安になってきた。なんとかして距離を縮めたい。珠美が四人目なので、次が紗月であることが確定している。ここまで来たら、なんとしてもたどり着きたい。それには珠美を満足させるしかなかった。

「隣に座ってもいいかな?」

声をかけると、珠美はこっくりうなずいてくれる。慎吾は軋む山小屋のなかを歩いて彼女の隣に腰かけた。

しかし、なにを話せばいいのかわからなかった。慎吾も初対面の人と話すのが、あまり得意でない。そのとき、ふと寝袋が目に入った。

「いつからここにいるの?」

「昨日の夜からです」

珠美はうつむき加減につぶやいた。

祭の参加者は男五人に女五人だ。最初に神社で地図が配られて、男たち五人はそれぞれ女性のもとへと向かう。その時点で五組のカップルができあがる。だが、女が満足しなければ男は脱落となる。そうして少しずつ男が減っていくはずだった。

(今、何人残ってるんだ?)

素朴な疑問だった。

成功者が出れば、その年は豊作になると言われている。でも、成功者が何人か出る年もあるのではないか。

「俺って何人目なの?」

相手が年下という気軽さもあって尋ねてみる。すると、珠美はなにやら言いにくそうにもじもじした。

「ふたり目……です」

意外な答えだった。

慎吾がふたり目ということは、まだひとりしか来ていないということだ。ということは、一回戦で敗退した者が出ているのだろう。

(でも、こんなかわいい子が、誰かとセックスしたんだ)

人見知りでうつむいているが、横顔はアイドルのように愛らしい。珠美が誰かに抱かれたと思うと、それだけで気持ちが昂った。

「それに……」

再び珠美が口を開いた。

「その人、上手くできなかったんです」

彼女の言う「その人」とは、ひとり目の訪問者を指しているのだろう。できなかった、という言葉の意味が気になった。

「どういうことですか？」

「そ、それは……途中で……」

珠美は切れぎれにつぶやくと、顔をまっ赤に染めあげた。

こんなかわいい女の子が相手で、しかもひとり目で精力が有り余っている状態なのにセックスできなかったとは驚きだ。

「だから、まだ処女のままなんです」

「なるほど……えっ、しょ、処女？」

一瞬、聞き流しそうになり、慌てて身を乗り出した。

「はい……わたし、処女なんです」

珠美は顔をあげると、きっぱり言いきった。

まさか祭に処女が参加しているとは思わなかった。好きでもない男に処女を捧げることになるのだ。いくら伝統的な祭とはいえ、そんなことが許されるのだろうか。しかし、それを聞いて最初の男がどうして失敗したのか納得した。きっと処女相手だったため、上手くできなかったのではないか。

「それでいいの？」

「お役目に選ばれるのは、名誉なことですから」

この霧碕村で生まれ育つと、みんなこういう思考になるらしい。お役目を拒むという考えは端《はな》からないようだった。

「でも、はじめては好きな人のほうが……」

よけいなこととかもしれないが、つい口を出してしまう。すると、珠美は静かに首を左右に振った。

「村のためになるなら、そのほうがいいんです」

「そんな……宮司さんに頼まれたの？」

確かお役目の人選は宮司がすると聞いていた。珠美が処女だと知っていて、選んだのだろうか。

「宮司さんには、経験がないことをお話ししました。そうしたら、今回はやめようと言ってくださったのですが、わたしが立候補したんです」

「どうして……」

慎吾は途中で言葉を呑みこんだ。

村の者たちは、誰もがお役目に選ばれたいと思っている。いやいや引き受けているわけではないのだ。

「でも、やっぱり恥ずかしいから、誰にも見られない場所にしてくださいとお願いしました」

その願いを聞き入れて、こんな山奥の山小屋になったのだろう。宮司なりに配慮した結果だった。

「もう誰も来てくれないかと思って不安でした」

珠美はまっすぐ慎吾の顔を見つめると、恥ずかしげな笑みを浮かべた。

(ま、まさか、こんなことが……)

もう言葉を発することができない。珠美は祭で処女を捧げることを望んでいる。それが彼女の望みなのだ。

「抱いて……いただけますか？」

珠美が健気《けなげ》に懇願してくる。こんな純粋な瞳を向けられて、撥《は》ねのけることなどできるはずがなかった。

2

珠美はすっと立ちあがると、スニーカーを脱いで寝袋の上に立った。

そして、自らトレーナーを脱ぎ、ジーパンもおろして脚から抜き取ってしまう。これで女体に纏っているのは、淡いピンクのブラジャーとパンティだけになった。

さらには両手を背中にまわすと、ホックをはずしてブラジャーをずらしていく。乳房は小ぶりだが張りがあり、乳首はきれいなピンクだった。つづけてパンティもおろせば、陰毛がうっすらとしか生えていない恥丘が見えてきた。

「あぁっ……」

珠美は羞恥の喘ぎを漏らして、耳までまっ赤に染めあげた。

処女にもかかわらず、初対面の男の前で裸体をさらしたのだ。村の役に立ちたいという彼女の気持ちが伝わってきた。

(よ、よし……)

十九歳の女性がここまでしているのに、尻込みしている場合ではない。慎吾も急いで服を脱ぎ捨てると裸になった。

処女が相手だと思うと緊張するが、珠美の瑞々《みずみず》しい裸体を目にしたことで、すでにペニスは屹立している。太幹は野太く成長して、亀頭はぶっくりふくらんで張りつめていた。

「きゃっ……」

珠美が小さな悲鳴をあげて視線をそらす。巨大な男根を目の当たりにして、愛らしい顔をひきつらせていた。

「ご、ごめん、驚かせちゃったかな」

慌てて謝罪すると、彼女は小さく首を振った。

「わ、わたしのほうこそ、すみません」

申しわけなさそうに頭をさげる。そして、恐るおそるといった感じでペニスを見つめてきた。

「最初の人のは、こんなに大きくなかったから……」

はじめて見たペニスは、ひとり目の訪問者のモノらしい。その男のサイズと比べているようだ。大きいと言われて、慎吾は内心誇らしい気分になった。

「触ってみてもいいよ」

「い、いいんですか？」

試しに言ってみただけだが、意外にも珠美はうれしそうな声をあげた。そして、目の前でひざまずくと、両手でペニスを包みこんできた。

「熱い……こんなに熱いんですね」

珠美の顔が亀頭のすぐ前にある。彼女がしゃべるたび、吐息が亀頭に吹きかかるのがくすぐったい。さらに硬くなって、先端から透明な汁が溢れ出した。

「あっ、濡れてきました」

「そ、それは……珠美ちゃんに触られてるから……」

顔色をうかがいながら告げると、彼女はますます頬を赤らめる。そして、太幹をキュッと握ってきた。

「うっ……」

「痛かったですか？」

慎吾が呻くと、珠美は心配そうに見あげてくる。その瞳がかわいくて、ますますペニスは硬くなった。

「痛くないよ、大丈夫」

「いろいろ教えてください」

処女の珠美は性の手ほどきをしてほしいと願っている。慎吾は貴和子に教えてもらったときのことを思い出した。

「じゃあ……口でしてみる？」

ちょうど彼女の顔の前にペニスがある。フェラチオするには最適の体勢だったので、つい口走ってしまった。

「口で……」

珠美の顔にとまどいが浮かんだ。

やはり処女にフェラチオをさせるのは、ハードルが高すぎたかもしれない。よけいなことを言ってしまったと後悔した。

「い、いやだったら別に――」

「教えてください」

なぜかやる気になっている。愛らしい顔をしているが、淫らなことに興味があるのかもしれない。珠美は亀頭に唇を近づけて、懇願するような瞳で慎吾の顔を見あげてきた。

「じゃ、じゃあ、舌を伸ばして、先っぽを舐めてみて」

「こう……ですか？」

珠美はピンクの舌先をのぞかせると、とまどいながらも、張りつめた亀頭をペロリと舐めあげた。

「そ、そう、いいよ」

慎吾が声をかければ、気をよくして同じ動きをくり返す。珠美はいやな顔ひとつせず、舌先で亀頭を何度も舐めまわしてきた。

「お汁が垂れてきました」

「珠美ちゃんのフェラチオが気持ちいい証拠だよ」

処女に舐められていると思うと、なおさら興奮する。もっと大胆なことをやらせたくなった。

「先っぽを咥えてごらん。そうすると、男の人はもっと気持ちよくなるんだ」

思いきって指示を出すと、さすがに珠美は躊躇する。それでも、両手で太幹を掲げ持ち、亀頭に唇を押し当てた。

「はむっ……ンンっ」

ゆっくり唇を開きながら、巨大な肉の実を咥えこんでいく。やがて亀頭がすべて口内に収まり、柔らかい唇がカリ首に密着した。

「ううっ、そ、そうだよ、すごくいいよ」

処女にペニスを咥えさせたのだ。己《おのれ》の股間を見おろすだけで、異常なほどの興奮が湧きあがった。さすがにこれ以上のことは要求できない。それに慎吾も我慢できないくらい昂っていた。

「も、もういいよ」

口からペニスを引き抜くと、珠美の女体を寝袋の上に押し倒す。そして、慎吾は彼女の下半身へと移動した。

「今度は俺が気持ちよくしてあげるよ」

処女なので、なおさら慎重に愛撫して濡らしたほうがいいだろう。

艶々した膝をつかんで下肢をM字形に押し開く。すると、穢《けが》れのないヴァージンピンクの恥裂が露わになった。

（こ、これが、処女の……）

慎吾は思わず息をとめて、神聖なる女陰を見つめていた。

処女だと思うと、触れてはいけないような、それでいながら穢してみたい衝動がこみあげた。

「は、恥ずかしいです」

珠美は両手で顔を覆って恥じらっている。蛙がひっくり返ったような格好にされて、股間をのぞきこまれているのだ。経験のない彼女にとって、これほど恥ずかしいことはないだろう。

「ごめんごめん、あんまりきれいだったから」

慎吾は声をかけながら、股間に顔を寄せていく。そして、まだ男を受け入れたことのない女陰に、口をそっと押し当てた。

「あっ……」

珠美の唇から小さな声が漏れて、女体がヒクッと反応する。

処女でも感じるのか、それともただ驚いただけなのか判断がつかない。慎吾は舌を伸ばすと、ヴァージンの割れ目をねっとりと舐めあげた。

「あンンっ、そ、そんなこと……」

激烈な羞恥に襲われているのだろう。珠美は涙で潤んだ瞳で見つめてくる。いつの間にか手を顔から離して、寝袋を握りしめていた。

「こうすると、気持ちよくなるんだよ」

昨夜、覚えたばかりのことを、処女の珠美に試している。女陰をねちねちと舐めつづけると、やがて膣口から透明な汁が溢れてきた。

(濡れてきた……感じてくれているのかな)

慎吾は慎重に女陰を舐めあげて、処女の華蜜を味わった。そして、今度は膣口に舌先をそっと差し入れた。

「はあンっ、も、もう……あああっ」

珠美の唇から舌足らずな喘ぎ声が漏れはじめる。

「そ、そんなにされたら……ああっ、ああンっ」

愛蜜の量が増えており、女陰もヒクつきはじめている。挿入した舌先が膣口で締めつけられていた。

どうやら、慎吾のぎこちない愛撫でも感じているらしい。他人に股間をしゃぶられるのなど、はじめての経験だろう。できるだけやさしく舌先を動かせば、珠美の喘ぎ声はさらに大きくなった。

「あっ……あっ……なんかヘンです」

露わになっている白い内腿が小刻みに震えはじめる。処女の膣口に舌先を挿《い》れられて、感じているのは間違いない。

「気持ちよくなっていいんだよ」

慎吾は声をかけながら、舌先を小刻みに動かした。浅瀬をクチュクチュと掻きまわせば、珠美は内腿を閉じて慎吾の顔を挟みこんだ。

「はンンっ、もうダメぇっ、ヘンになっちゃうっ」

懸命に訴えてくるが、構わず膣口をしゃぶりつづける。舌先を動かしては、溢れる華蜜をすすりあげた。

「はああッ、ダ、ダメですっ、あンンンンンンッ!」

女体がビクンッ、ビクンッと跳ねあがる。珠美は自分の人差し指を噛んで、はじめての快感に酔いしれていた。

3

「な、なに……今の?」

珠美が息を切らしながらとまどいの声を漏らしている。

おそらく軽い絶頂に達したのだろう。だが、本人はなにが起きたのか理解していなかった。

「多分、イッたんじゃないかな」

慎吾が語りかけても、珠美は不思議そうに首をかしげていた。

「今のが……イクってことですか？」

自分で慰めることはしないのかもしれない。そうだとすると、はじめての絶頂ということになる。

（こんなに清純な子が……）

彼女の処女を奪えると思うと、かつてないほど昂ってしまう。祭に参加していなければ、こんな機会はまず訪れなかっただろう。慎吾のペニスは破裂しそうなほど膨張していた。

珠美は寝袋の上に気怠げに横たわっている。瑞々しい裸体をさらし、胸をハアハアと喘がせていた。

「そろそろ、はじめようか」

慎吾は興奮を抑えきれず、成熟前の女体に覆いかぶさった。

膝をこじ入れて下肢を開かせると、正常位の体勢に持っていく。そそり勃《た》ったペニスの切っ先を清らかな割れ目に押し当てれば、女体にピクッと震えが走った。

「し……慎吾さん」

珠美が不安げな顔で見あげてきた。

震える声で名前を呼び、瞳をウルウルと潤ませている。そんな表情がさらに慎吾の獣欲に火をつけた。

「大丈夫だよ。俺にまかせて」

安心させるように声をかけるが、本当は慎吾も不安でならない。一昨日、童貞を卒業したばかりで、当然ながら処女を相手にするのははじめてだ。上手く挿入して、なおかつ処女膜を破れるのか自信がなかった。

「こ、怖いです」

珠美がかすれた声で訴えてくる。それでも覚悟ができているのか、強い意志を感じさせる瞳で見あげていた。

(村のために、そこまで……)

慎吾には到底理解できない感覚だ。しかし、彼女の本気は伝わってきた。

「じゃあ、いくよ」

声をかけると、珠美はこっくりうなずいた。

じわじわと体重をかけて、ペニスの先端で圧を加える。すると、女陰が内側に開いて、亀頭が膣口に沈みこんだ。

「ひぁっ……」

珠美の唇から悲鳴にも似た声が溢れ出す。まだ亀頭がほんの少しはまっただけだが、女体には必要以上に力が入っていた。

「ら、楽にして……」

懸命に語りかける慎吾も全身を力ませている。これまでは女性にリードされてきたが、今回は慎吾が彼女を導いてあげなければならなかった。

「ち、力を抜いてごらん」

慎吾の呼びかけにはうなずくが、それでも珠美の身体は硬直している。心では受け入れていても、破瓜《はか》の恐怖が抜けることはないのだろう。

(それなら、このまま……)

細心の注意を払いながら再び動きはじめる。ペニスをゆっくり押しこむと、すぐに先端が行き止まりに到達した。

「うンンっ……」

珠美が顔を歪めて、小さく呻いている。

もしかしたら、これが処女膜かもしれない。軽く押してみるが、簡単には入りそうになかった。

(でも、やるしかないんだ)

気合いを入れ直すと、ペニスをググッと押しこんだ。

「ンンンッ」

とたんに珠美が苦しげな声を漏らして、女体を大きく仰け反らせる。膣が異物を排除するように蠢《うごめ》くが、慎吾はさらにペニスを押し進めた。すると、ブチッという感触とともに抵抗がなくなり、亀頭が奥まではまりこんだ。

「ひあああッ！」

珠美の裏返った嬌声が響き渡る。その声は山小屋から森へひろがり、木霊《こだま》のように反響した。

（は、入った……処女膜が破れたんだ）

ひとつ大きな仕事をやり終えた気分だ。小さく息を吐き出したときには、額にじっとり汗が滲んでいた。

「くぅっ……」

珠美は下唇を小さく噛みしめている。

おそらく破瓜の痛みに襲われているのだろう。だが、それでも挿入を拒むことはしなかった。

「もう抜こうか？」

本当は思いきり腰を振りたいが、女体を気遣って尋ねてみる。すると、彼女はすかさず首を小さく左右に振った。

「つ……つづけて……ください」

苦しげな声だが、彼女の意志は伝わってきた。

村のことを思っているのか、それとも女の本能がそう言わせているのか。いずれにせよ、珠美は中途半端に終わるより、最後までずることを望んでいた。

「じゃ、じゃあ……いくよ」

できるだけ痛みを与えないように、ペニスをゆっくり押しこんでいく。未開の地に亀頭が進むたび、女壺がミシミシと軋むようだった。

「ンっ……ンっ……」

珠美は下唇を噛み、微かな声を漏らしつづけている。目も強く閉じており、両手で寝袋を握りしめていた。

(本当に大丈夫なのか?)

彼女の様子を見ていると心配になるが、ペニスはしっかり屹立している。穢れなき女体を征服していく感覚に酔いしれていた。

狭い膣道を切り開き、ついにペニスが根元まではまりこんだ。女壺は硬く収縮しており、男根を思いきり締めあげている。はじめての挿入にとまどっている様子が、手に取るように伝わってきた。

「全部、入ったよ」

「は……はい……あ、ありがとうございます」

本当は苦しいのだろう。それでも、珠美は慎吾を見あげて微笑を浮かべた。

（まだ動かないほうがいいな）

腰を振って新鮮な媚肉の感触を味わいたいところだが、そんなことをすれば珠美はつらいだけだ。セックスに対して悪い印象を持ってほしくない。慎吾としても、彼女が感じてくれたほうがうれしかった。

挿入したペニスは動かさず、両手を乳房にそっと重ねていく。そして、ささやかなふくらみをやさしく揉みあげてみた。

「ンっ……」

珠美は恥ずかしげに顔をそむけて、口もとに片手をあてがった。

羞恥がこみあげているのか、目を合わせようとしない。下唇を噛んだまま、なにも言わずにじっとしていた。

乳房をゆったり揉みあげる。ふくらみは小さくても柔らかさは格別だ。肌もスベスベしており、滑らかな感触にうっとりする。双乳をじっくり揉みほぐすと、頂点で揺れている乳首をそっと摘まんでみた。

「あっ……」

その瞬間、珠美の唇から小さな声が溢れ出た。

どうやら乳首が感じるらしい。人差し指と親指でクニクニ転がせば、我慢できないといった感じで身をよじりはじめた。

「ンぁっ……はンンっ」

声をあげるのが恥ずかしいのか、懸命にこらえている。しかし、やさしく刺激しつづけることで、乳首はぷっくりふくらんでいた。

「ここが感じるんだね」

「そ、そんなこと……あンンっ」

珠美は認めようとしないが、唇からは喘ぎ声が漏れている。乳首を転がされることで感じているのは間違いなかった。

「ほら、硬くなってきたよ」

「し、慎吾さんがいじるから……」

そう言っている間も、乳首はさらに硬くなっている。充血したことでピンクが濃くなり、乳輪までふっくらと盛りあがっていた。

慎吾は顔を近づけると、さくらんぼを思わせる乳首を口に含んだ。唇をぴったりかぶせて、唾液を塗りつけるように舌を這いまわらせた。

「ああっ、そ、そんな……ああンっ」

珠美は甘えるような声を漏らして、腰を微かによじりはじめる。ペニスは深く埋まったままで、カリが膣壁に食いこんでいた。

乳首への愛撫が刺激になっているのか、奥から華蜜がジュクジュクと滲み出している。膣襞の隙間に行き渡り、やがて男根全体を包みこむのがわかる。女体がペニスを受け入れはじめているのかもしれなかった。

(よし、そろそろ……)

もう動きたくて仕方がない。女壺に挿入しただけでじっとしているのは、蛇の生殺しだった。

「少し動くよ……んんっ」

根元まで埋めこんだペニスをゆっくり引き出していく。膣壁にめりこんでいたカリが濡れ襞を擦ることで、湿った音が微かに聞こえた。

「あうっ……ンンンっ」

珠美の顎が跳ねあがる。女体にも力が入り、膣道がキュウッとすぼまった。

「くうッ……痛くない?」

「は、はい……そ、そうでもないです」

女壺のなかを擦られる感覚にとまどっているが、心配していたほど痛がっている様子はない。眉を八の字に歪めて、押し寄せてくる感覚に耐えていた。

(あ、焦るな……ゆっくり……ゆっくりだぞ)

思いきり腰を振りたくてたまらない。慎吾は心のなかでつぶやき、はやる気持ちを懸命に抑えこんでいた。

強い刺激を与えないように、注意深く男根を引き抜いては再び押しこんでいく。あくまでもスローペースの抽送で、太幹と女壷をなじませる。何度かじっくり往復させていると、華蜜の量が徐々に増えてきた。

「あンっ……し、慎吾さん」

珠美がせつなげな瞳で見あげてくる。

つい先ほどまで処女だったのだ。それほど痛がってはいないが、すべてがはじめての感覚で困惑しているのだろう。今にも泣き出しそうなほど、瞳に涙をいっぱい湛えていた。

「ううっ……す、すごい」

慎吾は呻きながら腰をじわじわと振りつづける。ゆっくり動かすのは、思いのほか体力が必要だ。いつしか全身の毛穴から汗が噴き出していた。

「あっ……あっ……」

珠美も額に汗を滲ませながら、切れぎれの声を漏らしている。愛らしい顔が桜色に染まり、なにやら艶っぽい表情になっていた。

「な、なんか……わたし……」

「気持ちよくなってきたんだね」

慎吾が語りかけると、珠美は恥ずかしげに睫毛を伏せる。そして、頬をいっそう染めながらうなずいた。

「恥ずかしいことじゃないよ。俺も気持ちいいんだ」

できるだけやさしい口調を心がける。慎吾も感じていることを伝えて、快楽を共有したかった。

「し、慎吾さんも？」

「そうだよ。珠美ちゃんのなか、すごく気持ちいいよ」

囁きながらペニスをゆったり出し入れする。

最初はスローペースのピストンが物足りなかったが、焦燥感をともなう快感に変わっていた。我慢汁が大量に溢れており、愛蜜とまざることで膣のなかはローションを満たしたような状態だ。少し動かすだけでも、猛烈な快感が沸き起こった。

「ああンっ……声、出ちゃう」

喘ぎ声をあげるのが恥ずかしいのか、珠美は両手で自分の口を覆ってしまう。慎吾はその手をつかんでそっと引き剝がした。

「いいんだよ。もっといやらしい声を出しても」

「い、いやです、恥ずかしい……あああっ」

珠美はついに涙を流しながら喘ぎはじめる。腰が微かに揺れて、膣襞もウネウネと蠢いていた。

「ううッ、た、珠美ちゃん」

ペニスが蕩けそうな快楽が押し寄せてくる。ゆっくりしたピストンにもかかわらず、射精欲がふくれあがってきた。

「ああっ、ダ、ダメです、もうダメです」

舌足らずな声で珠美が訴えてくる。

だが、ここまで来て、もう腰の動きをとめることはできない。彼女も苦しんでいる様子はないので、そのままスローペースの抽送を継続した。

「くううッ、も、もうっ、うううッ、もう出すよ」

慎吾は上半身を伏せると、女体をしっかり抱きしめる。すると、珠美も両手を背中にまわしてきた。

「し、慎吾さんっ、あああッ」

「珠美ちゃんっ……ぬううッ」

抱き合った状態で腰を振る。さすがにピストンが速くなり、新鮮な媚肉をグイグイ掻きまわした。

「おおおッ、き、気持ちいいっ、おおおッ、おおおおおおおッ！」

ついに膣の最深部で欲望を爆発させる。穢れなき処女を征服した悦びがふくれあがり、ペニスに感じる愉悦が倍増した。若い媚肉に締めあげられての射精は、全身が痙攣するほどの快感だった。

「あああッ、わ、わたしも、あああああッ！」

珠美も艶《なま》めかしい喘ぎ声を振りまき、慎吾に思いきりしがみついてきた。同時に女壺が男根を締めつけてくる。

慎吾は女体を抱きしめて、珠美の首筋に顔を埋めていた。

勢いよく飛び出した大量の精液が、先ほど処女を喪失したばかりの女壺を満たしていく。目も眩《くら》むような快楽のなか、ねちっこく腰を振り、最後の一滴まで精液を注ぎこんだ。

しかし、珠美が昇りつめたのかどうかはわからない。前戯では絶頂に導くことができたが、やはりはじめてのセックスでは無理があったのではないか。彼女が満たされていなければ、慎吾の祭はここで終了だった。


「ありがとうございました」

珠美が照れた様子でつぶやいた。

トレーナーとジーパンを身に着けてスニーカーを履くと、とたんに幼い雰囲気になる。だが、もう彼女は大人の女だ。その証拠に、愛らしい顔をしているが、唇の端には艶めいた笑みが浮かんでいた。

「これ、受け取ってください」

珠美が差し出してきたのは地図とお札だった。

「い、いいの？」

慎吾は服を着ながら思わずつぶやいた。

今の自分にできるだけのことはしたつもりだ。それでも、駄目かもしれないと感じていた。なにしろ珠美は処女だったのだ。どうすれば満足するのか、昨日まで童貞だった慎吾にわかるはずもなかった。

「やさしくしてくれて……うれしかったです」

珠美はほんのり頬を染めている。恥じらう表情が愛らしくて、気づくとぼんやり見つめていた。

「あっ、う、うん……ありがとう」

はっと我に返り、差し出された地図とお札を受け取った。

女性が満たされたと感じるのは、性的な絶頂だけとは限らない。四人目にして、ようやくそのことを理解した。

4

（次はいよいよ……）

慎吾は山道を歩いて通りに戻った。

ふと見あげると、西の空はオレンジ色に染まっていた。

祭は深夜零時までだ。疲労が蓄積しているが、とにかく紗月に会いたい気持ちが強かった。あとひとりなので、今度こそ紗月のはずだ。きっと彼女の顔を見たとたん、疲れなど吹き飛ぶだろう。

（なるほど……）

慎吾は地図をひろげて確認した。

脳裏には紗月の顔が浮かんでいる。自然と気合いが入り、最後の場所に向かって歩きはじめた。

走り出したい気持ちを抑えて、村のなかをゆっくり進む。紗月に会うまで、できるだけ体力を温存しておきたい。なにしろ最後の大一番が残っているのだ。走ったりしてエネルギーを消費したくなかった。

朱色の鳥居が見えてきた。

いよいよ紗月に会えると思うと胸が高鳴ってくる。慎吾はますます慎重に歩を進めて、神社の本殿へと向かった。

日が暮れはじめて薄暗くなってきた。

慎吾は木の階段を一歩ずつあがり、本殿の引き戸に手をかける。心臓が今にも胸から飛び出しそうなほど激しく拍動していた。

「し、失礼します」

声をかけながら引き戸をゆっくり開いていく。本殿のなかは蠟燭《ろうそく》の明かりで照らされており、祭壇の前で巫女が正座をしていた。こちらに背中を向けているので顔は見えない。それでも、慎吾は確信していた。

スニーカーを脱いで、冷たい畳を踏みしめる。後ろ手に引き戸を閉めると、巫女の背中に向かって恐るおそる声をかけた。

「さ……紗月さん」

緊張のあまり声が震えてしまった。

巫女が正座をしたまま、ゆっくり身体の向きを変える。そして、まっすぐこちらを見つめてきた。

（ああっ……）

慎吾はこみあげてくるものを懸命に抑えた。

やはり巫女は紗月だった。白い小袖に緋袴という巫女装束に身を包み、落ち着いた表情で正座をしていた。

「よく帰ってきましたね。わたしが最後の相手です」

感情を抑えた平坦な声だった。蠟燭の揺れる炎の光が、紗月の整った横顔を照らしていた。

「お、俺は……」

慎吾はふらふらと歩み寄り、彼女の前でくずおれるように正座をした。

「紗月さんに会いたくて、それで……」

気持ちが昂り、それ以上言葉にならない。この熱い想いを、どう表現すればいいのかわからなかった。

村人たちのように、霧碕村のことを案じているわけではない。ただ紗月に会いたかった。熱い抱擁を交わしたかった。そして、深い場所でつながり、いっしょに昇りつめたかった。

畳の上に並べたお札には、一から四まで数字が書いてある。あと一枚、紗月を満足させれば五枚の札がそろうところまで、なんとかたどり着いた。

「よくがんばりましたね。慎吾くん」

紗月はようやく名前を呼んでくれた。その直後、それまで無表情だった彼女の顔に、穏やかな笑みがひろがった。

「さ、紗月さん……」

安堵して全身から力が抜ける。いつもの紗月に戻ってくれて心底ほっとした。

「慎吾くんのことを信じて待っていましたけど、やっぱり緊張しました。ここまで来てくれて、ありがとうございます」

柔らかい声音になっている。紗月も安堵の表情を浮かべていた。

「残っている男性は、慎吾くんだけです」

「他の人たちは、途中で脱落したということですか？」

意外な事実を告げられて、慎吾は思わず首をひねった。

五人の男がお役目に選ばれて祭に参加した。慎吾以外の四人は村の者で、成し遂げたいという意欲は高かったはずだ。実際、昨夜会ったときは、誰もがやる気に満ちた顔をしていた。

「はい、みなさん早々に敗退してしまいました。めずらしいことではありません。もう何年も成功者は出ていませんから」

紗月の声は淋しげだった。

昨年は成功者が出なかったと聞いている。だが、昨年だけではなく、もっと前から失敗つづきだったらしい。

「だから、今年こそ成功者を出したかったんです」

紗月は深刻な表情でつぶやいた。

村人たちが伝統的な祭を大切にしているのは、充分わかっているつもりだった。しかし、どうやら慎吾が思っていた以上に深い事情があるようだ。

「悪天候つづきで、農作物の収穫量が減っています。それに村の過疎化もとまらないんです」

「祭で成功者が出ていないから……ということですか？」

まさかと思いながら尋ねてみる。すると、紗月はこくりとうなずいた。

（いや、いくらなんでも……）

慎吾は思わず黙りこんだ。

非科学的というか、祭に頼りすぎではないだろうか。村の伝統かもしれないが、祭で成功者が出たからといって、天候が回復したり、過疎化がとまったりするはずがなかった。

「村の男性は、みんな精力が弱いのです」

「……え？」

聞き間違いかと思って紗月の顔を見つめ返す。すると、彼女は落ち着いた声音で同じ言葉くり返した。

「なぜか昔からこの村の男性は精力が弱いのです。原因はわかりません。遺伝なのか、それとも水や気候が関係しているのか……とにかく、ずっとそうなのです」

紗月の表情は真剣そのものだ。

村の男たちがみんな精力が弱いとは、いったいどういうことだろうか。しかも、原因はわかっていないという。とらえどころのない話で、慎吾は質問することすらできなくなった。

「若い人が減っているのもありますが、村の男性では五人の女性を満足させるのはむずかしいと判断しました。そこで今回はじめて、村の外から男性を連れてきて、参加してもらうことにしたのです」

「ちょ、ちょっと待ってください」

慎吾は我慢できずに口を挟んだ。

「本気で言ってるんですか。祭で成功者が出たら──」

「慎吾くんの言いたいことはわかります」

紗月が思いのほか強い口調で、慎吾の言葉を遮った。

「霧碕村で生まれ育った者にとっては当たり前のことでも、外から来た人には奇異に感じるでしょう。祭が成功したところで、なにも変わらない。そう思われていることもわかります」

悲しげな声だった。紗月は瞳を涙で潤ませながら語りつづけた。

「きっと、祭に縋《すが》っている憐れな人たちと思っているのでしょうね」

「そんなことは……」

「でも過去に祭で成功者が出た年は豊作になっているのです。これは歴史が物語っている事実です。それは偶然の一致だと一蹴しますか？　しかし、偶然の一致が何度も何度も起こるのでしょうか？」

「お、俺には、どういうことなのか……」

「科学的な証明はできません。なんの根拠もありません。わたしも疑問に思ったことがあります。それでも、祭の成功と村の繁栄は重なっています。この事実だけは変えようがないのです」

紗月の口調は熱を帯びている。それと同時に、信じてもらえない悲しみが全身から滲み出していた。

（紗月さんが、こんなにも……）

最初はただ盲信しているだけだと思った。しかし、必死に訴える姿を見ていると、そんな不思議なこともあるような気がしてくる。

（そういえば……）

ふと思い出す。

ひとり目の香織はセックスレスぎみのようだった。

ふたり目の未亡人、瑞希も亡夫とは夜の生活があまりなかったと言っていたし、友里恵も「うちの人と全然違うわ」と口走っていた。

村の男たちの精力が弱いというエピソードがこんなにある。紗月の話をすべて証明することはできないが、まったく関係ないとも言いきれなかった。

「ごめんなさい……」

ふいに紗月がつぶやいた。

「わたし、ひとりでしゃべって……村のことを押しつけてしまって……」

「い、いえ……」

慎吾は小さく首を振った。

彼女が必死になる気持ちもわかる。宮司兼村長の娘なのだから、村の将来を案ずるのは当然のことだろう。

「慎吾くんに謝らなければいけないことがあるんです」

紗月は眉を八の字に歪めて見つめてくる。そして、何度も躊躇してから、ようやく重い口を開いた。

「じつは……あの橋は意図的に通れなくしました」

「……えっ？」

意味がわからずに首をかしげる。すると、紗月は深々と頭をさげてから、さらに詳しく語りはじめた。

「わたしは祭に参加する若い男性を探すため、たびたびドライブインに行っていました。そして、あの日、慎吾くんに出会ったのです」

「じゃあ……滝を見に行こうって誘ったのは……」

慎吾がつぶやくと、紗月は申しわけなさそうにうなずいた。

あの滝は村の奥のほうにあった。慎吾がのんびり眺めている間に、村人たちが小型ショベルカーを使って岩を橋に運んだという。

「どうしても、慎吾くんに祭に参加してもらいたかったんです」

慎吾を村から出られなくすることで、祭に参加するように誘導したらしい。すべては計画的だったのだ。

「本当にごめんなさい」

ついに紗月の瞳から涙が溢れて頬を伝った。

「村のことに、慎吾くんを巻きこんでしまって……ごめんなさい」

「さ、紗月さん……」

結果として騙されて、祭に参加させられたことになる。真相を聞かされて、慎吾はしばらく呆然としてしまった。しかし、紗月も孝之助も貴和子も、それに交わった女性たちも、誰もが村のために一所懸命だった。それがわかるから怒りの感情は湧かなかった。

「もう謝らないでください」

正直、祭のことはよくわからない。それでも、紗月が村のことを思う気持ちは伝わってきた。

「お祭のことは信じてくれなくてもいいです。でも、これだけは信じてください」

紗月が逡巡しながらつぶやいた。

「若ければ誰でもよかったわけではありません。ドライブインで見かけたとき、わたしがいいと思ったから声をかけたんです」

「さ、紗月さん……」

まっすぐ見つめられて、慎吾の胸は高鳴った。

「お札はあと一枚ですね。わたしを……抱いてください」

巫女姿の紗月はぽつりとつぶやき、正座をしたまま深々と腰を折った。

5

「お、俺……」

慎吾はにじり寄るなり、白い小袖の肩を抱き寄せて唇を重ねた。

「あっ……」

紗月は小さな声を漏らすだけで抵抗しない。それどころか、ほんの少し顎をあげて口づけを受け入れてくれた。

彼女の唇は蕩けそうなほど柔らかい。舌を伸ばしてそっとなぞると、紗月は唇を半開きにしてくれた。

「慎吾くん……ンンっ」

紗月は名前を呼びながら舌を吸いあげて、躊躇することなく唾液を嚥下《えんげ》する。

いきなりディープキスになり、一気にテンションがアップした。慎吾は舌を深く差し挿れると、遠慮なく彼女の口内を舐めまわしにかかる。柔らかい頰の裏側をしゃぶりまくり、舌をからめとって吸引した。

「あンっ……はあンっ」

神社の本殿に紗月の喘ぎ声が響き渡る。しかも、巫女装束を纏っているので背徳感が刺激された。

小袖の上から乳房に触れてみる。すると、思っていた以上に柔らかさが生々しく伝わってきた。

「ああっ……」

やさしく揉みあげれば、紗月の唇から甘い声が溢れ出す。そして、濡れた瞳で慎吾の顔を見つめてきた。

布地ごしなのに、柔肉の感触がはっきりわかる。指の動きに合わせて柔らかくひしゃげるばかりか、手のひらにコリッとした乳首も当たっていた。

(これって、もしかして……)

期待がふくれあがり、衿《えり》の隙間から手を滑りこませていく。紗月はいっさい抵抗しない。それならばと、慎吾は大胆に手を差し入れた。

(や、やっぱり……)

小袖の下にブラジャーをつけていない。いきなり柔肌が手のひらに触れて、絹のような滑らかな感触がひろがった。

(これが紗月さんの……ああっ、こんなに柔らかかったんだ)

慎吾は陶然《とうぜん》としながら乳房を揉みあげた。

軽く指を曲げるだけで、柔肉はいとも簡単に形を変える。指先が沈みこんでいく感触に昂り、慎吾は夢中になって乳房をこねまわした。さらに先端で揺れる乳首をそっと摘まめば、二十七歳の女体がピクンッと跳ねあがった。

「ああンっ、そんなにされたら……」

どうやら紗月も興奮しているらしい。片手を伸ばすと、ジーパンの上から慎吾の股間に触れてきた。

「うっ……」

すでに硬くなっているペニスを、硬い布地の上から撫でまわされる。もどかしい刺激がひろがり、慎吾はたまらず腰をよじらせた。

「もうこんなに……」

紗月が驚いた顔で見あげてくる。そして、ジーパンごしに太幹をキュッとつかんできた。

「ううっ……」

「やっぱり、村の男の人とは違うのですね」

ぽつりとつぶやき、紗月は畳の上に並べられたお札を見やった。

四枚のお札は、つまり慎吾がすでに四人の女性と交わってきたことを意味していた。

紗月が五人目ということを考えると、ペニスがこれだけ硬くなっていることに、なおさら圧倒されるのかもしれない。

「これは……紗月さんだからです」

慎吾は乳房を揉みあげながら、思いきって語りかけた。

「紗月さんだから、こんなに……」

「わたしだから……ですか？」

紗月はシーパンごしにペニスをつかんでいる。一瞬、動きをとめるが、すぐにうれしそうな笑みを浮かべた。

「なんだか恥ずかしいです……でも、ありがとうございます」

礼を言われると、慎吾も恥ずかしくなってしまう。照れ隠しに乳房を揉みまくり、ついには小袖の衿を大きくはだけさせた。

双つの乳房がまろび出る。張りがあってまるみを帯びたふくらみが、蠟燭の揺れる炎に照らし出された。柔肌が作り出す曲線の頂点には、透明感のあるピンクの乳首が鎮座していた。

「す、すごい……」

見事な双乳に見惚《みと》れてしまう。染みひとつない白い肌が形作っているふくらみは、もはや神秘的ですらあった。

恐るおそる手のひらを重ねて揉みあげる。滑らかな肌の感触と蕩けるような柔らかさに興奮と感動を覚えた。執拗に揉みまわしては、先端で揺れる乳首を指先でつまんで転がした。

「ああっ、慎吾くんも……」

紗月がベルトを緩めて、ジーパンに手をかけてくる。前が開くと、すぐにボクサーブリーフがずらされた。

これでもかと屹立したペニスが、鎌首《かまくび》を振って跳ねあがる。その瞬間、紗月が思わずといった感じで小さな声を漏らした。

「お、大きい……」

すでに見たことがあるのに、驚きを隠せない様子でまじまじと見つめてくる。そして、肉胴に指を巻きつけてきた。

「ううっ……」

「やっぱり大きいわ。硬くて、すごく太い」

独りごとのようにつぶやき、ゆったりしごきはじめる。そして、太さと硬さを確かめるように、ニギニギと力をこめてきた。

「そ、そんなにしたら……くううッ」

快感がひろがり、尿道口から我慢汁が滲み出る。腰が小刻みに震えて、たまらず呻き声を漏らしていた。

慎吾も反撃とばかりに、彼女の緋袴に手を伸ばす。腰紐をほどいてずらすと、いきなり黒々とした陰毛が現れた。清楚な容貌に反して濃いものだった。

（おおっ）

思わず目を見開いて凝視する。もともとはかなり濃密なようだが、きれいな小判形に整えられていた。

紗月はブラジャーだけではなく、パンティも身に着けていなかった。普段からそうなのか、それとも祭の期間だけなのかはわからない。とにかく、神聖な巫女装束の下は裸だった。

「は……恥ずかしいです」

恥じらう紗月の声がさらに興奮を加速させる。慎吾は緋袴を一気におろすと、つま先から抜き取った。

これで紗月が身に纏っているのは、前がはだけた小袖と白い足袋《たび》だけだ。しどけなく横座りする姿を目にして、慎吾の欲望はさらに加速する。ペニスは青筋を浮かべて反り返り、先端から新たな我慢汁が溢れ出した。

「こんなに張りつめて……」

紗月がうっとりした声を漏らして、再びペニスに手を伸ばしてくる。だが、太幹をつかまれる前に、慎吾は自分で上半身も服を脱いで裸になった。

「どうしても、やってみたいことがあるんです」

思いきって切り出すと、畳の上で仰向けになる。勃起したペニスが強調されて滑稽だが、それでも気にせず呆気に取られている紗月に語りかけた。

「俺の上に乗ってもらえますか」

「慎吾くんの上に……ですか？」

「はい。逆向きになって、俺の顔をまたいでほしいんです」

嫌われたらどうしようと思いつつ、勇気を出してお願いする。

シックスナインをしてみたいとずっと思っていた。これまでの女性にお願いすることもできたが、どうせなら紗月と経験したかった。

「そ、そんな格好に……」

紗月はためらいながらも、逆向きになって慎吾の顔をまたいでくれる。上半身をぴったり伏せたことで、大きな乳房が腹に密着した。

「おおっ、す、すごい」

すぐ目の前に紗月の女陰が迫っている。二枚の陰唇はサーモンピンクで、口を静かに閉じていた。割れ目から透明な汁が滲み出しており、蠟燭の揺れる炎に照らされてヌラリと光った。

「いやっ、恥ずかしい……でも……慎吾くんのもこんなに」

紗月がしゃべると吐息が亀頭に吹きかかる。顔のすぐ前にペニスがそそり勃っているのだ。

（これが紗月さんの……）

慎吾は両手をまわしこんで尻たぶをつかむと、首を持ちあげて口を女陰にそっと押し当てる。とたんに柔らかい二枚の花弁がプニュッとひしゃげて、膣内にたまっていた果汁が溢れ出した。

「ああンっ、ダ、ダメです」

口では「ダメ」と言いながら、紗月は決して抵抗しない。それどころか、細い指を太幹に巻きつけてきた。

「ううッ……」

思わず快楽の呻きが漏れるが、そのまま女陰を舐めあげる。舌先で割れ目をくすぐり、膣口の狭間に埋めこんだ。

「あッ、そ、そんな……ああッ」

紗月は喘ぎながら亀頭に唇を押し当ててくる。先端についばむようなキスの雨を降らせると、やがてぱっくり咥えこんだ。

「あふっ……はむンンっ」

彼女も興奮しているらしく、一気に根元まで呑みこんだかと思うと、唇を太幹の根元に密着させてくる。そこをキュウッと締めつけられて、全身が震えるほどの快感が走り抜けた。

「くううッ……お、俺も……」

膣の浅瀬を舌先で掻きまわす。すぐにクチュッ、ニチュッという湿った蜜音が響いて、チーズにも似た匂いが漂いはじめた。

「はうッ……ンあぁッ」

紗月がペニスを口に含んだまま、くぐもった喘ぎ声を漏らしている。膣をねぶられることで昂っているのは間違いない。彼女の愛撫も激しくなり、頭を上下させて太幹をしゃぶりまわしてきた。

「そ、それ、すごいっ……おおおッ」

「あンっ、わ、わたしも、あぁンっ」

慎吾の呻き声と紗月の喘ぎ声が交錯する。愛撫を受ければ、それ以上の快感を返していく。これを互いにくり返すことで、どんどん愉悦がふくれあがる。相互愛撫でふたりは瞬く間に昂った。

「お、俺、もう……紗月さんと……」

気持ちを抑えられないほど高揚している。うわずった声で語りかけると、紗月もペニスを吐き出してつぶやいた。

「あぁっ、慎吾くん……わたしも……」

ふたりの気持ちは同じところに向いている。そのことがうれしくて、慎吾は再び女陰にむしゃぶりついた。

「はあッ、もうダメぇっ」

紗月もペニスを口に含んで首を振りはじめる。ふたりは昇りつめる寸前まで、互いの性器を長い間しゃぶり合った。

6

「そ、それでは……」

慎吾は彼女の膝の間に腰を割り入れると、あらたまって声をかけた。

「は……はい」

祭壇の前で仰向けになった紗月は、潤んだ瞳で見あげている。小袖も脱ぎ去り、身に着けているのは白い足袋だけになっていた。

いきり勃ったペニスの切っ先を、唾液と華蜜で濡れそぼった女陰に押し当てる。そのまま腰をゆっくり前方に送り出せば、亀頭が二枚の陰唇を内側に巻きこみながら膣口に沈みこんだ。

「はああッ、ゆ、ゆっくり……お、お願いです」

紗月が慌てた様子で口走った。

脚を大きく開いた淫らな格好で、懇願の瞳を向けてくる。巨大にふくれあがった亀頭を挿入されて、完全に怯えきっていた。

「こ、こんなに大きいの、はじめてなんです」

苦しげに喘ぎながら、潤んだ瞳で訴えかけてくる。眉を八の字に歪めており、半開きになった唇から乱れた息をまき散らしていた。

「だ、大丈夫です。ゆっくり挿れますから……」

慎吾は処女の珠美とセックスしたときのことを思い出し、じわじわとペニスを押しこんでいく。

「あッ……あッ……」

紗月は両手の爪を畳に立てていた。

シックスナインで充分濡れているとはいえ、これまで受け入れたことのない巨大な男根にとまどっている。痛みを感じている様子はないが、膣道を広げられる感覚に怯えていた。

「ああッ、ど、どこまで入ってくるの？」

長大な肉柱を挿入されて、紗月が困惑の表情を浮かべている。仰向けになった女体が、少しずつ反りはじめていた。

「もうちょっと……ううッ、もうちょっとです」

慎吾もからみついてくる媚肉の感触に呻きつつ、さらに男根を埋めこんでいく。うねる膣襞が快感を生み出しているが、昨日今日と経験を積んでいるため、なんとか耐えることができた。

「はンンッ、お、お願いです……も、もう……」

「あ、あと少しですから……」

男根と女壺をなじませるように、焦らずスローペースで男根を押し進める。やがて太幹が根元まで埋まり、亀頭が膣道の行き止まりまで到達した。

「あううッ、そ、そんなに奥まで……」

女体がブリッジする勢いで大きく仰け反った。それと同時に膣も締まり、ペニスを思いきり絞りあげた。

「こ、これはすごいっ」

これまでの女性たちを遥かにうわまわる締まり具合だ。すぐさま全身の筋肉に力をこめて、押し寄せてくる快感の大波をやり過ごした。

(ぬううッ……あ、危なかった)

これまでの経験がなかったら、今の一撃で射精していたに違いない。それくらい強烈な快感だった。

「し、慎吾くん……ま、待って……ください」

紗月が切れぎれの声で訴えてくる。息苦しそうに胸を喘がせて、暑くもないのに額に汗を浮かべていた。

「こ、こんなに逞しいの……は、はじめてなの」

村の男しか知らなかったら、慎吾のペニスを逞しいと感じるのかもしれない。サイズはよくわからないが、昨夜から何度も射精しているのに、まだこれだけ勃起しているのは自信につながっていた。

（もっと……もっと紗月さんを感じたい）

気持ちはどんどん昂っている。慎吾は紗月のくびれた腰をつかむと、腰をゆったり振りはじめた。根元まで埋まってペニスを後退させて、亀頭が抜け落ちる寸前から再び深い場所までえぐりこんだ。

「ああッ、す、少しだけ休ませてください」

紗月が声を震わせる。だが、すでに身体は感じているらしく、女壺がうねうねと蠢いていた。

「お、大きすぎるから……ああッ、お願い」

「でも、すごく濡れてますよ……ううッ、ほ、ほら」

男根を出し入れするほどに、奥から新たな華蜜が溢れてくる。ますます滑りがよくなり、動きがスムーズになっていく。自然とピストンスピードがあがって、快感も大きくなった。

「あッ……あッ……」

紗月の唇から甘い声が溢れ出す。膣が長大なペニスに慣れてきたのか、いつしか不安は消え去り、うっとりした表情で喘いでいた。

(紗月さんも感じてくれてるんだ……)

そう思うと、なおさら快感が大きくなった。

膣襞が太幹の表面を這いまわり、膣口が思いきり締めつけてくる。うねる女壺に誘われて、さらに力強く腰を振りたてた。

「あぁッ、は、激しいです」

ペニスを深い場所まで打ちこめば、紗月の女体に痙攣が走り抜ける。どうやら、奥が感じるらしい。亀頭で最深部を圧迫すると、女壺はペニスを咀嚼《そしゃく》するように激しく波打った。

「くおおッ……」

奥歯を食い縛るが、快楽の呻き声は抑えられない。

下腹部の奥で射精欲がふくらんでいる。このペースで腰を振っていたら、あっという間に達してしまう。やっとのことで紗月にたどり着いたのに、そんな簡単に夢の時間を終わらせたくなかった。

慎吾はいったん上半身を伏せて、紗月をしっかり抱きしめる。そして、ペニスを膣に深く埋めたまま、彼女をゆっくり引き起こしにかかった。

「な、なにをするんですか？」

紗月がとまどった声を漏らして見つめてくる。だが、慎吾は構うことなく畳の上で胡座をかき、女体を膝に乗せあげた。

対面座位と呼ばれる体位だ。抱き合うことで密着感と一体感が高まっている。しかも彼女の体重が股間にかかることで、肉柱がより深い場所まではまりこむ。亀頭が子宮口に到達して、思いきり圧迫していた。

「はあぁンっ、お、奥まで……」

「おおッ、す、すごく締まってますよ」

「い、言わないでください……はンンっ」

紗月は恥ずかしげにつぶやくが、両手はしっかり慎吾の首にまわしている。そして、自ら股間をグリグリ押しつけてきた。

「ああッ、慎吾くん……あああッ」

すっかり太幹になじんで腰をよじらせている。紗月が甘えるような声をあげてくれるから、慎吾もますます盛りあがった。

(俺、やっぱり紗月さんのことが……)

熱いものが胸にひろがっている。

ドライブインでひと目見たときから惹かれていた。あのとき声をかけてきたのが紗月ではなかったら、そもそも霧碕村には来ていなかった。今ごろは日本海の近くをツーリングしていたに違いない。

祭に参加する男を探して声をかけたと言っていた。結果として騙されて村に誘いこまれことになるが、まったく恨んでいなかった。それどころか、正直に打ち明けてくれたことで好感度はあがっていた。

「さ、紗月さん……」

慎吾は両手を彼女の張りのあるヒップにまわしこんだ。尻たぶに指を食いこませると、股間の上でゆったりまわしはじめた。

「あッ……あッ……」

紗月の唇からせつなげな喘ぎ声が溢れ出す。カリが膣壁に擦れて、もどかしい快感を生み出しているに違いない。

「お、俺……紗月さんのこと、本気で……」

慎吾もペニスが蕩けそうな快楽に溺れながら語りかけた。

「紗月さんのことが好きなんです」

意を決して告白する。これまで言いたくても言えず、ずっと胸に抱えこんできた想いを打ち明けた。

紗月は村のことを一番に考えているとわかったし、慎吾はこの数日で田舎《いなか》暮らしに向かないことを自覚していた。紗月が村を離れるとは思えないし、東京の大学生である慎吾が村に住むことも考えられない。

でも、好きだという気持ちに変わりはない。この熱い想いがあれば、どんな障害でも乗り越えていけるのではないか。青臭いと思われるかもしれない。それでも、この抑えきれない気持ちを伝えたかった。

「慎吾くん……わたしは神社を継がなければならないの」

紗月が困惑した様子でつぶやいた。

しかし、腰はねちっこく動いている。円を描くようにまわしており、股間から湿った蜜音が聞こえていた。

「つ、継いでください……じゃ、邪魔はしません」

慎吾も膝を上下に揺らして、女体を揺さぶっている。ストロークは小さいが、男根が確実に出入りをくり返していた。

「ああンっ……わかってないわ。わたしは村から離れられないのよ」

紗月は喘ぎながらも悲しげに首を振る。それなのに、なぜか愛蜜の量はますます増えていた。慎吾の告白に反応したのだろうか。紗月は腰を大きくくねらせて、明らかに感じていた。

「休みのたび、村に来ます。だから……だから、俺と……」

必死に語りかけるが、快感の波が次々と押し寄せてくる。もうまともに話すことはできなかった。

「俺は……俺は、本気で……くううッ」

膝の動きを大きくして女体を上下に揺すりたてる。そそり勃ったペニスが、膣のなかを掻きまわした。

「ああアッ、わ、わかって……わたしと慎吾くんは、違う人生を歩まなければならないのよ」

「そ、そんなこと……」

言われなくてもわかっている。ふたりの交際が無理なことくらい、自分が一番よくわかっている。それでも、彼女のことが好きな気持ちは変わらなかった。

「好きだっ、好きなんだっ、おおおッ」

彼女のヒップを抱えこみ、膝の反動も使ってペニスを力強くたたきこむ。カリで膣壁をえぐりまくり、亀頭で子宮口をノックした。

「ああッ、お、奥っ、あああッ、い、いいっ」

ついに紗月が手放しで喘ぎはじめる。慎吾の首にしがみつき、快楽を求めて腰を振りたてた。

「ああっ、どうしてこんなに感じるの」

気持ちよすぎてたまらないといった感じで、紗月がくびれた腰をよじらせる。喘ぎ声もどんどん高まっていく。それと同時に膣のなかがうねり、男根を思いきりこねまわした。

「も、もうっ、もうイキそうっ」

「おおおッ、き、気持ちいいっ、おおおおッ」

射精欲が急激にふくれあがる。告白することで気持ちが昂り、もうこれ以上、我慢できなかった。

「はああッ、い、いいっ、もうダメっ、イクッ、イクイクうううッ！」

ついに紗月がよがり泣きを響かせる。股間を思いきり押しつけて、ペニスをギリギリと締めあげた。

「くおおおッ、紗月さんっ、おおおおッ、おおおおおおおッ！」

慎吾もすぐに欲望を爆発させる。深い場所までペニスをねじこみ、熱い想いとともにザーメンを噴きあげた。ペニスが蕩けそうな愉悦が押し寄せて、かつてないほど大量の精液が尿道を駆け抜けた。

激しくてせつない絶頂だった。

エクスタシーの嵐が吹き荒れるなか、ふたりはきつく抱き合った。どちらからともなく唇を重ねると、舌を深くからめていく。時間が経つのも忘れて、いつまでも互いの唾液を味わいつづけた。

ふたりの交わりが終わったあと、紗月は静かにお札を渡してきた。そして、本殿から出ていった。

慎吾は五枚目のお札を手に入れた。だが、告白の明確な答えはもらえなかった。

もうすぐ深夜零時になり、宮司がやってくるはずだ。

五枚のお札を渡せば、神に奉納されるのだろう。今年は豊作になり、村は潤うと言われている。

しかし、慎吾に達成感はなかった。

脳裏には紗月の顔が浮かんでいる。どんな答えでもいい。本当の気持ちを聞かせてほしかった。

7

翌朝、紗月が部屋を訪ねてきた。

慎吾は早朝に目が覚めて、それから眠ることができなくなった。頭に浮かぶのは紗月のことばかりで悶々としていた。

「昨日はお疲れさまでした。そして、ありがとうございました」

布団の横で正座をした紗月が語りかけてくる。

焦げ茶色のフレアスカートにクリーム色のセーターを着ていた。昨夜の乱れた姿が夢だったのでは思うほど清らかだった。

「紗月さん……」

慎吾も正座をすると、あらたまって紗月の瞳をまっすぐ見つめた。

「昨日の答えを聞かせてもらえますか」

尋ねることに迷いはない。中途半端な気持ちのままでは、この村から離れられなかった。

「わたしは宮司の娘です。神社を継がなければなりません。これからも霧碕村のために生きていきます。慎吾くんの気持ちはうれしいけれど……わたしたちは生きる世界が違うのです」

紗月の言葉にも迷いは感じられない。穏やかながらも決意のこもった声だった。

「祭を盛りあげてくれて、本当にありがとうございます。慎吾くんのおかげで、祭は成功しました」

「そう……ですか」

慎吾はそれきり黙りこんだ。

ここまできっぱり言われたら返す言葉はない。紗月の顔を見ていると涙がこぼれそうで、慌てて視線をそらした。

こうなった以上、村に残る意味はない。慎吾はこみあげてくるものをこらえながら帰り支度をはじめた。とはいっても、服をつめるくらいですぐに終わってしまう。これでお別れだと思うとつらかった。

「慎吾くん」

そのとき、紗月が静かに声をかけてきた。

「ここでのことは忘れて……」

ふいに紗月が前かがみになる。そして、慎吾のスウェットパンツとボクサーブリーフをずりおろした。

「な、なにを……」

「お礼をさせてください。村を助けてくれたお礼です」

力を失っているペニスに唇をかぶせてくる。いきなり口に含まれて、ねっとりと舌を這わされた。

「あンンっ……」

鼻を甘く鳴らしながら男根をねぶりはじめる。太幹がむくむくとふくらみ、瞬く間に芯を通していく。すぐにペニスは硬くなり、彼女の口内でそそり勃った。

「ま、待って……ううッ」

「慎吾くん、ありがとう」

紗月が肉棒を咥えたまま、くぐもった声で礼を言う。熱い吐息が亀頭の表面を撫でるのも刺激になった。

「お、俺は、なにも……」

悲しくてたまらないのに感じている。柔らかい唇が肉竿を挟みこみ、唾液を乗せた舌が亀頭を這いまわるたび、快楽の呻き声が溢れ出した。

「くぅうッ、さ、紗月さんっ」

「あふっ……はふンっ」

紗月が首を振ることで、唇が何度も太幹を擦りあげる。唾液が塗り伸ばされて、甘い刺激がひろがった。

「こ、こんなことしてもらわなくても……ううぅッ」

口ではそう言うが、押し返すことはできない。もうすぐお別れだと思うと、少しでも紗月を感じていたかった。

唾液にまみれた肉棒の表面を、柔らかい唇が何度も何度も往復する。亀頭を飴玉のようにしゃぶりまわされるのもたまらない。先走り液がどんどん溢れて、全身が小刻みに震えはじめた。

「慎吾くん……はあンっ」

紗月が名前を呼びながらペニスを念入りに舐めまわしてくれる。快感の波が次から次へと押し寄せて、早くも射精欲がふくらんだ。

（ダ、ダメだ……まだダメだ……）

心のなかでつぶやくが、もう先走り液がとまらない。紗月は舌先で尿道口をくすぐりながら、首を激しく振り立てた。

「ううウッ、き、気持ちいいっ」

射精したらすべてが終わってしまう。別れが近づいていることを実感して淋しくなってきた。懸命に耐えようとするが、ペニスを根元まで呑みこまれて思いきり吸引されると我慢できなかった。

「あむううッ、はむううッ」

「くううッ、も、もうダメだっ、おおおッ、おおおおおおおおおッ！」

紗月の口のなかで、思いきり精液を噴きあげる。様々な感情が入りまじり、すべてが快感へと昇華していく。腰がガクガクと震えて、大きく開いた尿道口から大量の白濁液がほとばしった。

「ンンンッ……」

生ぐさいザーメンを注がれたにもかかわらず、紗月はいやな顔ひとつせずに嚥《えん》下《げ》してくれる。ペニスを咥えたまま、喉をコクコク鳴らして粘度の高い白濁液をすべて飲みくだした。

ついに射精してしまった。胸がせつなく締めつけられて慎吾は思わず涙ぐんだ。それでも、身も心も蕩けるような快楽だった。


慎吾は神社の鳥居の下に立っていた。

祭が終わると、橋はあっという間に開通した。小型ショベルカーを使えば、岩をどけることなど簡単だった。

「さようなら……」

慎吾は振り返らずにつぶやいた。顔を見ると涙が溢れそうで、すぐにヘルメットをかぶり、バイクにまたがった。

「慎吾くん……ありがとう」

紗月が礼を言うが、慎吾は聞こえない振りをした。

今でも気持ちは変わらない。それでもバイクのエンジンをかけると、未練を断ち切るようにアクセルを開け、走り出した。

サイドミラーに視線を向ける。

朱色の鳥居の下で、手を振っている紗月の姿が見えた。離れてしまったので、もう表情は確認できない。だが、紗月が手を振りながら、もう片方の手で目もとを拭《ぬぐ》うのがわかった。

ふいに紗月の姿がぼやけた。

頬が濡れていることに気づいたが、停まるつもりはなかった。いつもより多めにアクセルを開けて、あの橋を一気に走り抜けた。

エピローグ

数年後――。

慎吾は都内の小さな商社で働いていた。

最初は仕事を覚えるのに必死だった。失敗も多く何度も挫《くじ》けそうになったが、それでもなんとか食らいついてきた。

余裕が出てきたのは最近のことだが、あの霧碕村での出来事はずっと頭の片隅にあった。それでも、二度と訪れることはないと思っていた。気にはなるが、なんとなく行ってはいけないような気がしていた。

しかし、中古車を購入したことで、ふとあの村に行ってみようと思い立った。何年も燻《くすぶ》っていた気持ちを無視することはできなかった。

土日の休みを利用してドライブに出かけた。当時の記憶をたどり、紗月に声をかけられたドライブインまでやってきた。

(ああ、ここだ……ここで紗月さんに……)

まるで昨日の出来事のように懐かしい記憶がよみがえった。

黒いライダースーツを着た紗月は誰よりも輝いていた。ひと目見た瞬間から、慎吾は彼女の虜になったのだ。

――ツーリングですか？

もちろん、清らかな声も覚えている。やさしく鼓膜が振動して、思わずうっとり聞き惚れてしまった。

（懐かしいな……）

学生時代の思い出が胸いっぱいにひろがっている。ますます紗月に会いたくてたまらなくなった。

慎吾は再び車に乗りこんで走り出した。

ところが、そこから先の道がどうしても思い出せない。紗月の後ろについて走ったのでまったく覚えていなかった。村から帰るときは、別れがつらくて動揺していたので記憶が曖昧《あいまい》だった。

それでも、走りまわっているうちに、ようやく見覚えのある道を発見した。紗月に再会できると思うと胸が高鳴った。

ところが、車窓を流れる景色を見ているうちに不安になってきた。道は合っているはずだが、雰囲気が微妙に違っている。あの橋につながる脇道を発見したが、なぜか閉鎖されていた。

駐車場があったので乗り入れた。胸騒ぎがする。車から降りると、慎吾はふらふらと柵に歩み寄った。

「ウソだろ……」

思わずつぶやいて呆然と立ちつくした。

目の前にはダムがひろがっている。だが、ここで間違いない。あの村があった場所はダムになっていたのだ。

大きくて立派なダムだった。

当時交わった女性たちの顔が次々と脳裏に浮かんでは消えていく。そして、紗月の顔を脳裏に思い浮かべると、胸に熱いものがこみあげてきた。

(紗月さん……どこにいるんですか?)

ここまで来て、簡単には諦められない。

ドライブインに戻り、霧碕村のことを尋ねてみた。ところが、名前すら知っている人はいなかった。

あの村はダムの底に沈んでしまったのだろうか。

村人たち全員で、どこかに移り住んだのかもしれない。紗月は元気にしているのだろうか。

今にして思えば、数年前にあの村を訪れたとき、すでにダム建設が決まっていたに違いない。彼らは村がダムに沈むとわかっていながら、それでも伝統ある祭の儀式に縋っていたのだろう。

（きっと、どこかで……）

また会えると信じたい。あの夢のような日々は胸の奥深くに刻みこまれている。

――慎吾くん……ありがとう。

紗月の穏やかな声がどこかで聞こえた気がした。慎吾は車に乗りこむと、思い出を胸に東京へ向かって走り出した。

（了）

＊本作品はフィクションです。作品内に登場する人名、地名、団体名等は実在のものとは関係ありません。

長編小説

ふしだら奇祭村《きさいむら》

葉月奏太《はづきそうた》

2020年1月27日　初版第一刷発行

ブックデザイン……………………… 橋元浩明(sowhat.Inc.)

発行人………………………………………………後藤明信
発行所…………………………………………株式会社竹書房
〒102-0072　東京都千代田区飯田橋２－７－３
電話　03-3264-1576（代表）
03-3234-6301（編集）
http://www.takeshobo.co.jp
印刷・製本………………………… 中央精版印刷株式会社

ISBN978-4-8019-2145-0　C0193